U0748232

【 周国平 作品 】

周国平
致青春
—系列—

关于成长的那些事儿

无论走多远，你终将面对自己

周国平 著

中国青年出版社

- 01 -

我也曾经年少

– 02 –

阅读，青春期最美妙的恋爱

- 03 -

青春不能错过的十件事

– 04 –

一个人成熟的标志

- 05 -

在世界眼中，孩子一眨眼就老了

– 06 –

成长的真理是自我教育

-01-

我也曾经年少

关注人生的哲学之路

1. 个性的源头

我生在上海一个普通的市民家庭。母亲怀我时，正是抗战要结束那年，我家当时居住的虹口一带空袭不断，母亲每说起那时所受的惊吓仍然心有余悸。也许是这特殊的胎教，造成了我过于敏感的天性。

我自幼多病，至今我仿佛仍能看见父母深夜把我送往医院急诊时的焦急面容。十一二岁时，我一度还患有与年龄极不相称的神经衰弱，经常通宵失眠，不时出现幻觉和谵妄的症状，过后母亲便会告诉我，说我又犯精神错乱了。其实我的病一部分原因可归于母亲自己，那时她患严重的贫血，昏倒是常事，令我担惊受怕不已。她发病时，我会躺在我的小床上整夜颤抖。我害怕她死去，因而对她生出无限的依恋。当她在炉火前做饭时，我会站在她身边，仰起小脸久久地望着她，并且期望她能领会我的情意。有一回，已是夜里十点多，父亲和母亲外出未归，我想象他们已经死去，愈想愈信以为真，便哭着哀求姐姐带我出去寻找他们，姐姐只好陪着我哭。正当我们哭成一团时，他们回来了，原来不过是去亲戚家串门了。

这样一个羸弱敏感的孩子，在面对陌生的外部世界时就难免要退缩了。上初中时，我就常常被班上男同学欺负。那时候兴课外小组，每个学生都必须参加小组的活动。每到活动日，我差不多是怀着赴难的悲痛，噙着眼泪走向作为活动地点的同学家里的，因为我知道等待着我的必是又一场恶作剧。譬如说，倘若班上一个女生奉命前来教我们做手工，组内的男生们就会故意锁上门不让她进来，而我就会看不下去，去把门打开，于是招来一顿耻笑和侮辱性的体罚。

在我的整个少年时期，我始终是内向而且多愁善感的。不过，从初中后半期开始，我的内心生长起了一种自信。我突然发现，我的各门功课在班上都名列前茅，因而屡屡受到老师们的夸奖，也逐渐赢得了同学们的钦慕，甚至过去最爱惹我的一个男生也对我表示友好了。我相信我的求知欲并非源于虚荣心，但虚荣心无疑给了它一个推动力，使我朦胧地感到读书是我的价值所在，它能把我从一个被欺凌的弱者变成一个受尊敬的强者。

童年离我越来越遥远了。但是，我相信童年岁月会悄悄地伴随每个人一生的道路。当我回想我的童年岁月时，出现在我眼前的是一个身体单薄、性格内向的孩子形象。这种禀性带给我的影响是双重的，一方面使我畏避外部世界，不善交际，几乎有些孤僻；另一方面又使我的内心生活趋于细腻，时常耽于沉思和幻想。后来我不得不花费很大的努力来克服我的性格上的弱点，我对人生哲学的探索大约也是这种努力的一部分，其中潜藏着自我治疗的需要。

2. 扑在书籍上

对于一颗如此敏感而脆弱的心灵，书籍就构成了一个既安全又有吸引力的世界。

我初中就读的学校是一所很普通的中学。临近毕业，班上一个女生建议我高中考上海中学，那是上海的头号名牌中学，她说那里的学生都住校，每周放学、上学有汽车接送。这个女生是我刚刚步入青春期时暗恋的偶像，我把她的建议看作一种恩宠，毫不犹豫地报考了。考上后才知道，根本没有汽车接送这回事。不过，我一点也不后悔。实在也不必后悔。上海中学位于郊区，使我得以远离市嚣，生活在一个比较接近自然的环境里。校园里有小河、果树和农田，令我这个城里人耳目一新。我还得益于这里雄厚的师资力量和良好的学习风气。我至今忘不了学校阅览室墙上的那条标语，那是高尔基的一句名言："我扑在书籍上，就像饥饿的人扑在面包上一样。"它是如此确切地表达了我当时炽烈的求知欲，使我倍感亲切。

上大学时，校方让每个学生写一份自传，我通篇写的是我如何喜欢读书、读书如何使我受益。后来想想，人事干部看了我的这份自传一定会感到啼笑皆非。可是，我所写的确是实情，在我简单的早年生活中，我想不出还有比读书更重要的内容了。我出生的家庭与书香门第相去十万八千里，我的父亲原先是一家大公司的小职员，后来是基层干部，我的母亲是家庭妇女，他们的文化程度都不甚高，而且绝无读书的雅好。然而，我好像从小对书就有一种莫名来由的强烈兴趣。在我的记忆中，我看见那个弱小的孩子无数次地踩着凳子，爬到家中一口大柜的柜沿上，去翻看父亲的那些可怜的藏书。小学毕业，拿到了考初中的准考证，凭这个证件可以到上海图书馆看书，我为此感到非常兴奋。我借的第一本书是雨果的《悲惨世界》，管理员怀疑地望着我，不相信十一岁的孩子能读懂。我的确读不懂，翻了几页，乖乖地还掉了。读初中时，我家离学校有五站地，由于家境贫寒，父亲每天只给我四分钱的单程车费。我连这钱也舍不得花，总是徒步往返，攒下来去买途中一家旧书店里我看中的某一本书。钱当然攒得极慢，我不得不天天去看那本书是否还在，直到攒够了钱把它买下才松了一口气。到上海中学读书，除了别的好处外，我还得到了一个意想不到的好处。从家里到学校要乘郊区车，单程票价就是五角，于是我每周可以得到一元钱的车费了。这使我在买书时顿时有了财大气粗之感，为此每个周末我都无比愉快地跋涉在十几公里的郊区公路上。

其实，我并不懂得怎样读书，我后来读书芜杂和不求甚解的毛病从那时就开始了。在读书时，我的忧郁的心灵仿佛找到了知音。在高中一年级的暑假，我读了许多中国古诗，整个假期都沉浸在竹林七贤、陶潜、李白等人忧生悲死的韵律里，自己也写了许多嗟叹人生无常的伤感的诗。记不清确切的时间了，肯定不晚于十四岁，我已开始常常被死亡问题困扰。每想到总有一天我将从世上万劫不复地永远消失，我就感到不可思议，绝望欲狂。死亡意识的觉醒和性的觉醒是我的青春期的两个痛苦的秘密，它们伴随着我度过了许多个不眠之夜。现在看来，死亡和性爱的问题在我后来的哲学思考中占据了重要的位置，这是和我的青春期经验有关的。可是，当时我完全不知道，它们乃是困扰人类的两个最古老的问题，并且都是真正的哲学问题。

不过，那时候我对哲学几乎是一无所知，没有读过一部严格意义上的真正的哲学著作。我的兴趣倒是很广泛，文理都喜欢。从初中到高中，我一直是班上的数学课代表。我对解几何、三角习题的热情达到了痴迷的程度，而且常能另辟蹊径，提出比老师的示范更简洁的解法。我同样喜欢舞文弄墨，在我们班上，我和另一名男生的作文常常被当作典范。据语文老师说，我的长处是有独特感受和见解，他的长处是语法和结构的完美。因此，高中最后一年，在按照高考志愿分班复习时，我就感到非常为难，不知道应该参加文科班还是理科班。我终于决定报考文科，并且大致确定以哲学为报考的重点，乃是出于一种骑墙的考虑：哲学可以使我横跨文理两科，两者都不丢弃。毛泽东的一句话成了我的根据："哲学是自然科学和社会科学的概括和总结。"但是，在我内心深处，很可能是有一种模糊的直觉的，预感到我对人生的关切将在哲学中找到寄托。上海中学素有重视理科的传统，全班五十个同学，竟然只有我这个数学尖子报考文科，这一举动自然引起了不小的震动，连那位很器重我的上了年纪的语文老师也以过来人的伤感口气劝我改变主意。

到文科班复习半年之后，正逢上海市举办中学生数学竞赛，先在校内预赛，我抱着玩一玩的轻松心情参加并且获得了名次。那一年我们学校有十四个毕业班，绝大多数报考理科，少说也有五六百人参加预赛，预赛前学校还对他们进行了专门的辅导，最后入选者仅十余人，而我这个已有半年未碰数学的文科考生竟跻身其列，算是出了个小小的风头。但是，在正式赛场上我却狼狈了，头一个交卷，交的几乎是白卷。

3. 生活高于学问

1962 年秋天，我平生头一次乘上了长途列车，头一次离开上海，来到向往已久的北京，成为北京大学哲学系的一名学生。当时我刚满十七岁，外表弱小稚气，似乎生长得很慢，直到毕业时还常被人误认为一个中学生。然而，在北大的六年里，我在精神上却有了长足的成长，不能说成熟了，但确实是大大地拓宽了眼界。

我上北大的这几年，正是国内政治斗争日趋激烈的年代。在反对修正主义和狠抓阶级斗争的大背景下，燕园内已经失去了昔日宁静的书斋氛围。事实上，我们进校后只正经上了两年课，而且在所谓的哲学课程中也充斥着政治教条。从第三学年开始，我们相继被送到工厂劳动和送到郊县参加两期"四清"运动，直到"文化大革命"爆发。尽管如此，透过优美的校园景色、藏书丰富的图书馆、那些任一点课或完全赋闲的老教授的存在，北大悠久而活泼的治学传统对心智敏锐的学子仍然发生着潜移默化的影响。我始终相信，北京的伟岸气象决非上海可比，得此气象者是更能成大器的。

我在北大的最难忘的经历是认识了郭世英。这同时

日记

日记的存在使我觉得，我的生命中的每一个日子没有白白流失，它们将以某种方式永远与我相伴。写日记还使我有机会经常与自己交谈，而一个人的灵魂正是在这样的交谈中日益丰富而完整。

也是我一生中最难忘的经历之一，我今天仍乐于承认，这位仅仅比我年长四岁的同班同学给予我的影响大于我平生认识的任何人。 当然，一个重要原因是，他是在我最易受影响的年龄出现在我的生活中的。 我突然遇到了一个从未见过的全新类型的人，他极其真诚，可以为思想而失眠，而发狂，而不要命。 那些日子里，在宿舍熄灯之后，我常常在盥洗室里听他用低沉的嗓音倾吐他的苦闷。 现行政治对个性的压抑、现行教育对人才的扼杀、修正主义是否全无真理，凡此种种问题都仿佛对他性命攸关，令他寝食不安。 同时他又是一个富于生活情趣的人，爱开玩笑，俏皮话连珠，而且不久我还发现他在热烈地恋爱着。 我是怀着极单纯的求知欲进北大的，在他的感染下，我的人生目标发生了一个转移。 我领悟到，人活着最重要的事不是做学问，而是热情地生活、真诚地思考，以寻求内心的充实。

郭世英给予我的另一个收获是，他为我打开了通往世界文化宝库的门户。 我这么说没有丝毫夸张，在此之前，我一直在那些平庸的书籍上浪费光阴，而忽然在他的床头不断更新的书堆里发现了一个新的天地。 正是在他的带动下，我开始大量阅读经典名著，结识了托尔斯泰、陀思妥耶夫斯基、屠格涅夫、易卜生、海涅等大师。他对现代思潮也有相当的敏感，我是从他那里知道尼采、弗洛伊德、萨特这些人的重要性的。有必要说明，这些如今十分时髦的名字，当年即使在哲学系学生里也是鲜为人知的。读名著的深远好处是把我的阅读口味弄精微了，使我从此对一切教条的著作和平庸的书籍有了本能的排斥。我因此而成了一个出名的不用功的学生，时常逃课，即使坐在课堂上也不听老师的课，而是偷读课外书，为此屡受同学的检举和系里的批评。可是我屡教不改，因为当我能够自己阅读好得多的东西时，怎么还有耐心装出规矩模样去听差得多的东西呢？人人都是为了应付以后的考试才听的，既然我靠临时记诵必能得到好成绩，也就没有必要浪费时间了。

一年级下学期，郭世英和校外几个年龄相仿的朋友组织了一个文学小团体，互相传阅各自的作品手稿。他常常也把这些手稿拿给我看，那是一些与流行文学完全不同的东西，很先锋地试验着意识流、象征主义之类的手法。在他的影响下，我也开始涂鸦。我们最乐此不疲的事情是记录即兴的对话、场景和思绪，我名之为文字写生，这种练习有效地磨锐了我对素材和文字的感觉。

在当时的政治气氛下，郭世英的言行很自然地被看作是离经叛道，从而作为阶级斗争的严重表现，受到了校方的注意。一个知情的同学怕受牵连而告发了郭世英，这直接导致郭世英未能读完一年级就离开北大，被安排到了河南一家农场劳动。根据他自己的意愿，两年后他转学到了北京农业大学。我相信这是一种逃避，尽管后来他十分诚恳地试图清理自己过去走的"弯路"，但他内心深处明白，如果他继续从事哲学，他是仍然无法避免与当时的意识形态发生冲突的。然而，他终于未能避免为思想的"原罪"付出血的代价，年仅二十七岁，在"文化大革命"中惨死在"群众专政"之下了。

时光倏忽，郭世英去世已经二十九年了。这许多年中，我走过许多地方，经历了许多事情，却未尝忘怀他。我确实相信，如果不曾遇见他，我的道路会有所不同。我希望在不太久的将来了却一桩夙愿，写出我所了解的这个郭沫若之子。

4. 在大潮流之外

"文化大革命"中，我基本上是一个逍遥派。我对政治不感兴趣，我的感情只是本能地倾向于受压迫的一方。例如，我对北大"井冈山兵团"的过激立场全无好感，可是，当其大小头目在全校被批斗时，我便怀着正义感和同情心加入了这个"兵团"。后来，两派互相攻讦，演为武斗，我就对整个运动完全淡漠了。此后我便只是躲在被围困的孤楼里，在震耳欲聋的打派仗的高音喇叭声中，偷偷写哀念郭世英的诗。

武斗爆发前夕，我把我的全部文稿，包括日记、手记、散文和大部分诗作，通通都销毁了。我从小学开始就自发地写日记，从高中开始则天天都写，从未间歇。写日记是我的主课，我对这件事倾注了最大的热情和耐心，它使我感觉到我的每一天都没有虚度，没有无影无踪地消逝。有满满一纸箱呵，可是，全烧了，灰飞烟灭了，撕成碎片从下水道流走了。我的全部童年、少年和青春的岁月，也和它们一起无可挽回地消逝了。我之所以这么做，是因为当时校内气氛已经十分紧张，抄家成风，许多学生的日记被公布、人被批斗，令我心寒；也是因为郭世英的死令我悲伤，往事不堪回首，我仿佛要用我的过去为他殉葬。后来我无数次地痛悔此举，觉得我的生命因此而成了残片。

郭世英死后不久，工宣队进校，武斗停止，我们这些学生草草毕业，被送往农场接受"再教育"。离别北京，我的心情无限怅惘，心中回响着李贺"我有迷魂招不得"的诗句。我不是一个先知先觉者，我相信毛泽东关于知识分子必须改造世界观的论断，因为我确实发现自己的性情与社会现实格格不入，不改造好就永远痛苦。但是，我内心深处的困惑是：我真能改掉我的几乎与生俱来的性情吗？改掉了真的好吗，我会安心吗，那样我还是我吗？我究竟应该成为一个怎样的人呢？

在洞庭湖畔的一所军队农场劳动一年半之后，我被分配到广西深山的一个小县，在县委当了一名公务员。这个名叫资源的小县是资江的发源地，山高水清，景色十分秀丽。我在那里生活了八年半，日子过得单调而平静，我的心情也是平静的。我和朴实的农民相处得很融洽，但与一些媚上欺下的顶头上司屡起冲突。我不耐烦坐办公室，便争取经常下乡，既能亲近自然，又能得闲读书。小县城里找不到什么书，我便把办公室里的几十卷《马恩全集》《列宁全集》陆续带下乡，通读了一遍。后来"评法批儒"，一部分古籍开禁印行，我又得以读了若干经史子集，给我很可怜的国学底子小补了一课。积习难改，我还时常写些东西。我压根儿没有想到此生还能走出这个深山小县，更未奢望此生要有一鸣惊人的成就，读书作文只是为了自勉自娱，给生活增添一些意义和趣味。如果真的终老山沟，我一定会这样过一辈子，也许略有怀才不遇之憾，但不会有宏图未展之恨。扪心自问，我实在不是一个有大志向的人。

5. 人性的哲学探讨

"四人帮"倒台后，高校恢复招生，我于1978年考上中国社会科学院的研究生。阔别十年，重返北京，而当时的北京又是一派百废俱兴的欢欣气象，我的心情也是热烈而兴奋的。尽管年届三十三，仍觉得自己非常年轻，宛如一个年轻学子，一切都将从头开始。但是，究竟想做什么，能做什么，心里并不清楚。

我读硕士生时的专业方向是苏联当代哲学。之所以考这个专业，只因为以前公共外语学的是俄语，基础还行，比较有把握。在阅读资料的过程中，我逐渐注意到，在当时的苏联哲学界，研究人、人性、人道主义问题是一个热门，而这又是世界范围内哲学关心人的问题的大趋势的折射。我对研究苏联哲学本身的兴趣并不大，因为苏联哲学的意识形态色彩毕竟还太浓，而且对之的研究太像情报工作而不像学术研究。不过，与我们相比，苏联哲学家们对世界性哲学问题的反应要敏锐得多，探讨也要深入得多，因此我也乐于做些介绍和翻译的事，以提供借鉴。这方面的工作，后来集中体现在我和我的老师贾泽林等合著的《苏联当代哲学》一书中。与此同时，我把精力更多地用于直接研究人性问题，其成果便是我的硕士论文《人性的哲学探讨》。

我对人性问题的兴趣可以追溯到上大学时。当时，有两个流行观点令我反感。一是主张人类一切感情都打有阶级烙印，因而都可以归结为阶级感情；另一是以阶级立场来评定人性的善恶。这两个论点都明显违背我所体悟到的人性真相。事实和我的直觉都告诉我，人的感情和品质是多方面的，不能做此简单化的归结和评价。于是，在哲学课堂上，我便常常成了所谓抽象人性论的一个辩护者。可是，在我看来，我所辩护的恰恰是生活现实中活生生的具体的人性，而把人性归结为阶级性却是做了不适当的抽象。

所以，对于我来说，系统探讨人性问题乃是了却了一个夙愿。在硕士论文中，我大致上以马克思关于人的活动的理论为依据，论证了人性的完整结构，提出人性乃是人所特有且共有的生物属性、心理属性（理性与非理性）和社会属性的综合体。由于种种原因，这部著作未能发表，而仅发表了其中的若干章节。此外，我还写了一些阐发马克思的人性和人道主义思想的文章。后来，有的海外刊物在回顾八十年代初国内学界关于人的问题的争论时，把我列为一派的代表人物之一。不过，我本人对当时那种引经据典的论战方式和寻章摘句的写作风格很不满意。引证马克思是为了打开一个禁区，可是，世上本无禁区，庸人自设之。按我的性情，我是宁愿去尝神设的禁果而不是去闯人设的禁区的。

6. 从事尼采研究

读硕士生毕业后，我被留在哲学研究所工作。三年后，又在职考了博士生。当时我正对尼采的作品发生着浓厚的兴趣，便决定以尼采哲学为研究的主题。

我对尼采感兴趣，有二十多年前郭世英的潜在影响起作用，但直到这时才认真读了他的作品。一开始是读中译本，觉得不过瘾，又抱着词典读德文原著。我只是喜欢，并没有想到要写书，动笔写书是极偶然的事，完全是因为我的朋友方鸣催促的缘故。完稿后，方鸣很欣赏，但担心我的观点一反习见，出版会遇到阻碍，便嘱我请我的导师汝信写个序。我想汝信身居高职，又曾因"文化大革命"后率先发表为人道主义正名的文章而遇到过麻烦，此事未免强人所难。未料他欣然命笔，并在序中对我的探索做了热情肯定。然而，尽管有了他的序并且在《人民日报》发表了，方鸣所在出版社当时的负责人仍然否决了书的出版。直到一年以后，才经上海人民出版社编辑邵敏之手得以问世。

尼采思想对于王国维、鲁迅、郭沫若那一辈学人有过重大影响，但是在新中国成立后一直遭到全盘否定，被简单地归结为法西斯主义的思想来源和反动的唯心主义唯意志论。在仔细阅读尼采作品的过程中，我发现这是对尼采哲学的主题发生了根本的误解，把一个关心人生问题的哲学家错看成了一个政治狂人。我喜欢尼采，是因为他个性鲜明，极其真诚，而他苦苦思考的生命意义问题事实上也始终困扰着我。在短短两个月里，我怀着饱满的激情写出了《尼采：在世纪的转折点上》一书，在书中一面阐发尼采的人生哲学，一面我自己的生命感

受也如同找到了突破口一样喷涌而出。这是我独立出版的第一本书，因而可以算做我的处女作。出乎意料的是，它问世后立即引起了热烈的反响，一再被列在最受大学生欢迎的书籍之榜首，九个月里印了九万册，读者来信如雪片般向我飞来。不过，在兴奋之余，我心里明白，这只是因为我在书中借尼采之口发表的感想得到了同时代人的共鸣，并不能证明这本书在学术上如何成功。对于我自己来说，这本书的意义主要在于使我明确了我的哲学研究方向应是我一向关注的人生课题，因而可以看作我的哲学之路的真正开端。

如果说《转折点》是我在两个月内一气呵成的即兴之作，那么，我的博士论文《尼采与形而上学》的分娩过程就格外艰难了，从动笔到完稿拖了一年多，致使答辩和毕业也相应延期。我自信我的学术能力在该书中经受住了考验，对尼采在本体论和认识论方面的思想和建树给出了一个相当清晰的分析，证明了他不只是一位关心人生问题的诗性哲人，更是一位对传统形而上学问题有着透彻思考并且开辟了新思路的严格意义上的哲学家。使我难以忘怀的是，汝信为我组织了一个堪称最高规格的答辩委员会，聘请了学界耆宿贺麟、冯至、杨一之、熊伟诸位先生，他们不久后均相继去世了。

在研究尼采哲学的过程中，我还翻译出版了若干尼采作品。我的德文底子并不好，说来惭愧，我差不多是一边研究和翻译，一边自学德语的。开始时词汇量太小，动辄要查词典。好在我对语法具有特别的理解力，加上有相当的中文基础，以至于我的译本出来以后，竟浪得了翻译家的虚名。在终于卸下博士论文的重负之后，我便宣布与尼采告别了。然而，有一个例外，其后我一直在缓慢而执着地做一件事，准备在不太久的将来向世人贡献一套由我翻译的完整的《尼采文集》。我相信，与再写一部关于尼采的研究著作相比，这是更有久远价值的学术事业。

7. 表达生命的感悟

从八十年代末开始，我似乎进入了一个创作上的丰收期，先后出版了随感集《人与永恒》、诗集《忧伤的情欲》和散文集《只有一个人生》《今天我活着》《迷者的悟》《守望的距离》。不过，用专业的眼光看，我似乎又有些不务正业，因为这些书没有一本是学术著作。直到1995年，为了应付与人合作的一个课题，我才又暂时地回到学术，花了半年时间啃胡塞尔和伽达默尔的著作，

阅读

真正的阅读必须有灵魂的参与，它是一个人的灵魂在一个借文字符号构筑的精神世界里的漫游，是在这漫游途中的自我发现和自我成长，因而是一种个人化的精神行为。

写了若干篇论文。

广义地说，我的随感集未尝不可以归入哲学的范畴。人们常常用哲学与文学的融合来解说我的散文，我觉得是贴切的。以我之见，哲学是人类精神生活最核心的领域，而在精神生活的最深处，原本就无所谓哲学与文学之分。我不过是在用文学的方式谈哲学，在我的随感集中，我所表达的感悟仍是围绕着那些古老的哲学问题，例如生命的意义、死亡、性与爱、自我、灵魂和超越等等。在现代商业化社会里，这些问题由于被遗忘而变得愈发尖锐，成为现代人精神生活中的普遍困惑。我想，也许正因为这个原因，我的随感集才会获得比较广泛的共鸣。

1996 年 9 月，陕西人民出版社出版了五卷本的《周国平文集》，其中收入了我在 1995 年底以前发表的全部作品，使我得以比较完整地回顾了我的写作道路。回过头去看，我童年和少年时的敏感、读大学时的热爱文学和对生命感受的看重、毕业后山居生活中的淡泊心境、生命各阶段上内心深处时隐时现的哲学性追问，仿佛都在为我现在所走的路做着准备。物皆有时，一种生命态度和写作风格的成熟也有自己的季节。我相信今后我还会尝试不同体裁的写作，甚至包括小说，但体裁之别不是根本的，只是为了更好地表达我的人生体悟。当然，我也仍有从事学术著述的计划，不过我将以我的方式把它纳入我的人生思考的整体轨道。生命有限，离开自己的生命轨道而去做纯学术研究，在我看来是太把自己当作工具了。

8. 幸福在于爱和写作

在我的价值表上，排在第一的是我切身的生命经历和体验，其次是我对它们的理性思考，再其次才是离它们比较远的学术上或艺术形式上的探索。我常想，如果我现在死去，我会为我没有写出某些作品而含恨，那是属于我的生命本质的作品，而我竟未能及时写成。我为我的夭折的女儿写的书《妞妞：一个父亲的札记》便属此列，至于它在艺术上是否成功，对于我是相对次要的事情。妞妞出生后不久就被诊断患有绝症，带着这绝症极可爱也极可怜地度过了短促的一生。在这本书中，我写下了妞妞的可爱和可怜、我和妻子在死亡阴影笼罩下抚育女儿的爱哀交加的心境、我在摇篮旁兼墓畔的思考。我写下这一切，因为我必须卸下压在心头的太重的思念，继续生活下去。这本书无疑具有相当私人的性质，不过它所叙述的亲情和苦难的主题又是一切人共同面临的，我相信这是它在出版后引起读者强烈关注的原因。

自九十年代初以来，我的个人生活可谓多灾多难，接连遭遇丧女和离异的变故。我有充分理由对我的婚爱经历暂时保持沉默。我只想说，我不怨恨，而对我曾经得到的永怀感激。命运并未亏待我，常令我在崎岖中看到新的风景和光明。我与我的命运已经达成和解，我对它不奢求也不挑剔，它对我也往往有意外的考验和赐礼。我相信爱是一种精神素质，而挫折则是这种素质的试金石。人活世上，第一重要的还是做人，懂得自爱自尊，使自己有一颗坦荡又充实的灵魂，足以承受得住命运的打击，也配得上命运的赐予。倘能这样，也就算得上做命运的主人了。

有人问我：在经历了这么多坎坷之后，你认为人生最幸福的事情是什么？我的回答是：爱情和写作。我的确觉得，无论曾经遭遇过和可能还会遭遇怎样的不幸，只要爱的能力还在，写作的能力还在，活在世上仍然是非常幸福的。

享受生命的快乐

　　我们每一个人，上帝给了我们这一个生命，我们只有这一次机会，我们应该享受生命。苦行主义把生命的快乐看作低级的快乐，我认为是大错特错的。但是我发现，真正懂得享受生命的人并不多，人们往往把满足生命本身的需要和满足物质欲望等同起来了，其实这是两回事。现在社会上把金钱看得很重要，好多人把全部精力用来挣钱，挣了钱就花钱，全部生活由挣钱和花钱组成，以为这就是快乐。其实，物质的欲望是社会刺激出来的，并不是生命本身带来的。一个人的生存当然需要有物质条件，要有钱，在这个社会里你没有钱就会很可怜，所以不妨让自己有钱一些。但是，生命有它本身的一些需要，它们的满足给人带来的快乐是最大的，而这其实并不需要有很多的物质、很多的钱。

有一些需要，可以说是生命骨子里的东西，是生命古老又永恒的需要。比如健康，享受生命最基本的一个方面是享受健康。你看那个古希腊哲学家伊壁鸠鲁，他讲幸福就是快乐，他给快乐下的定义是什么？他说快乐就是身体的无痛苦和灵魂的无纷扰，也就是说，你有一个健康的身体，一颗宁静的灵魂，你就是快乐的，你就是一个幸福的人。我特别欣赏托尔斯泰的一句话，他说真正的物质幸福不是金钱，从物质角度来看什么是幸福，那也不是金钱，是什么呢？他说对个人来说是健康，对人类来说是和平。这个道理其实很简单，如果没有健康，你金钱再多有什么用。现在有些人为了挣钱，累出一身病，英年早逝，值得吗？

人是自然之子，和自然交融，享受大自然，享受阳光、空气，这也是满足生命本身的需要，给人以莫大的快乐。关于这一点，我就不多说了。

生命的快乐还有一个方面，就是所谓天伦之乐，爱情、亲情、家庭，这是人生非常重要的价值，是人生幸福不可缺少的一个方面。回想起来，我这一辈

子幸福感最强烈的时候是什么时候？有两段时光。一段是刚上大学时，我是十七岁进了北大，正值青春期，整个人在发生变化，我眼中的整个世界也在发生变化——我突然发现天下有这么多漂亮的姑娘，真觉得这个世界太美好了，人生太美好了。那个时候，实际上我并没有谈恋爱——你们现在很幸福，你们在大学里是可以自由谈恋爱的，我六十年代上大学的时候，大学生是不允许谈恋爱的，尤其是如果被发现了发生关系或怀孕，那是要受处分甚至开除的。但是你挡不住青春啊，这个感觉在啊。我记得海涅有一句诗："在每一顶草帽下面，都有一个漂亮的脸蛋。"那个时代的时尚吧，女士、小姐戴一顶精致的草帽。我当时的感觉就是，好像有一件未知的、还不太清楚的、但是非常美好的事情在等待着我，这是一种非常强烈的幸福感。

我确实觉得恋爱是非常美好的。现在有些人说，大学生谈恋爱不好，是早恋。大学生都十七八岁了，还说早恋啊？这正是恋爱的季节！大学生谈恋爱，天经地义。我们这一代人已经被压抑了，不应该再压抑新的一代，是吧？我对大学生恋爱是这样看的：第一，我觉得特别正常。第二，我觉得你也不要当作一个任务去完成。我知道有些同学是当作任务完成的，别人有女朋友、男朋友了，别人在谈恋爱了，好像我不谈恋爱就没面子似的，这个就不必要了，应该顺其自然嘛，你的日子长得很，不用勉强去谈，不要攀比，是吧？第三，我希望是这样的，要高质量地谈恋爱。恋爱是有质量的区别的，质量取决于谈恋爱的当事人的质量，境界不同，素质不同，恋爱的质量是有差别的。如果你光是沉溺在卿卿我我这种关系里，别的什么都不要了，我觉得挺可悲的。

我刚才强调，快乐应该是可持续的，有生长能力的。你们这个年纪可以说是为一生的幸福打基础的时候，应该是通过恋爱互相促进，互相激励，激励精神的向上、求知的努力和创造的冲动。恋爱是可以有极大的激励作用的。我真正谈恋爱是比较晚的，但我那时候的状态非常好，写了很多诗啊，很多爱情诗、哲理诗，还写了很多哲学的随感。因为当时我的女朋友啊，她是一个爱文学的人，特别看重你的文学才华，我就想表现自己，就使劲写啊，能够博美人一笑就特别满足，特别有成就感。我当时写这些东西，根本没有想到要出版，许多年后出版了，现在来看，仍然是我自己最满意的作品之一。我是想说，我是支持大学生谈恋爱的，但是你这个状态应该是一个更好的状态，一个能够开花结果的状态。这是一段时间，就是青春期、谈恋爱，幸福感特别强烈。

智慧和童心

　　我们可以从书本和课堂上学到知识，可是，无论谁都无法向我们传授智慧。智慧是一种整体的东西，不可能把它分解成若干定理，一条一条地讲解和掌握。不过，智慧也不是什么高不可攀的东西。其实，人人都有慧根，我们所要做的只是保护和发展它，不让它枯萎罢了。

　　说起来你们也许不信，一般来说，孩子往往比大人更智慧。真的，孩子都有些苏格拉底式的气质呢，他们感觉到自己处在一个新鲜的未知的世界之中，因而对一切都充满着好奇，从来不强不知为知。可惜的是，孩子时期的这种天然的慧心是很容易丧失的。待到长大了，有了一技之长，掌握了某一方面的知识，人就容易被成见所囿并且自以为是，仿佛世界上再也没有什么新鲜事了。实际上，许多大人只是麻木得不再能够憧憬世界的无限和发现世界的新奇而已。

有时候，我们也把从整体上洞察和把握事物真相的直觉看作智慧的一种表现。在这方面，孩子同样比大人占据着优势。你们一定听过安徒生讲的《皇帝的新衣》的故事。两个骗子给皇帝做新衣，他们说，这件衣服是用最美丽的布料做的，不过只有聪明人能看见，蠢人却看不见。事实上，他们什么布料也没有用，只是假装在缝制罢了。皇帝穿着这件所谓的新衣游行，其实他光着身子，什么也没有穿。然而，皇帝本人、前呼后拥的大臣们、围观的老百姓，因为害怕别人说自己愚蠢，都使劲地赞美这件新衣多么美丽。最后，有一个人喊了起来："可是他什么也没有穿呀！"谁喊的？正是一个孩子。

所有的大人明明看见皇帝光着身子，但他们都这么想：第一，既然别人都在赞美这件新衣，就说明皇帝确实穿着一件美丽的新衣，只是我看不见罢了。第二，我看不见说明我比别人都蠢，千万不可让别人知道了笑话我，我一定要跟着别人一起赞美。他们都宁肯相信多数

人的意见，不愿相信自己亲眼所见的事实。孩子却不同，他没有虚荣心的顾忌，也不盲从别人的意见，一眼就看到了真相。

儿童的可贵在于单纯，因为单纯而不以无知为耻，因为单纯而又无所忌讳，这两点正是智慧的重要特征。相反，偏见和利欲是智慧的大敌。偏见使人满足于一知半解，在自满自足中过日子，看不到自己的无知。利欲使人顾虑重重，盲从社会上流行的意见，看不到事物的真相。这正是许多大人的可悲之处。不过，一个人如果能保持住一颗童心，同时善于思考，就能避免这种可悲的结局，在成长过程中把单纯的慧心转变为一种成熟的智慧。 由此可见，智慧与童心有着密切的联系，它实际上是一种达于成熟因而不会轻易失去的童心。《圣经》里称："你们如果不回转，变成小孩子的样子，就一定不得进天国。"帕斯卡尔说："智慧把我们带回到童年。"孟子也说："大人先生者不失赤子之心。"说的都是这个意思。那么，我衷心祝愿你们在逐渐成熟的同时不要失去童心，从而能够以智慧的方式度过变幻莫测的人生。

人与书之间

弄了一阵子尼采研究，不免常常有人问我："尼采对你的影响很大吧？"有一回我忍不住答道："互相影响嘛，我对尼采的影响更大。"其实，任何有效的阅读不仅是吸收和接受，同时也是投入和创造。这就的确存在人与他所读的书之间相互影响的问题。我眼中的尼采形象掺入了我自己的体验，这些体验在我接触尼采著作以前就已产生了。

近些年来，我在哲学上的努力似乎有了一个明确的方向，就是要突破学院化、概念化状态，使哲学关心人生根本，把哲学和诗沟通起来。尼采研究无非为我的追求提供了一种方便的学术表达方式而已。当然，我不否认，阅读尼采著作使我的一些想法更清晰了，但同时起作用的还有我的气质、性格、经历等因素，其中包括我过去的读书经历。

有的书改变了世界历史，有的书改变了个人命运。回想起来，书在我的生活中并无此类戏剧性效果，它们的作用是日积月累的。我说不出对我影响最大的书是什么，也不太相信形形色色的"世界之最"。我只能说，有一些书，它们在不同方面引起了我的强烈共鸣，在我的心灵历程中留下了痕迹。

中学毕业时，我报考北大哲学系，当时在我就学的上海中学算爆了个冷门，因为该校素有重理轻文传统，全班独我一人报考文科，而我一直是班里数学课代表，理科底子并不差。同学和老师差不多用一种怜悯的眼光看我，惋惜我误入了歧途。我不以为然，心想我反正不能一辈子生活在与人生无关的某个专业小角落里。怀着囊括人类全部知识的可笑的贪欲，我选择哲学这门"凌驾于一切科学的科学"，这门不是专业的专业。

然而，哲学系并不如我想象的那般有意思，刻板枯燥的哲学课程很快就使我厌烦了。我成了最不用功的学生之一，"不务正业"，耽于课外书的阅读。上课时，课桌上摆着艾思奇编的教科书，课桌下却是托尔斯泰、陀思妥耶夫斯基、屠格涅夫、易卜生等等，读得入迷。老师课堂提问点到我，我站起来问他有什么事，引得同学们哄堂大笑。

说来惭愧，读了几年哲学系，哲学书没读几本，读得多的却是小说和诗。我还醉心于写诗，写日记，积累感受。现在看来，当年我在文学方面的这些阅读和习作并非徒劳，它们使我的精神趋向发生了一个大转变，不再以知识为最高目标，而是更加珍视生活本身，珍视人生的体悟。这一点认识，对于我后来的哲学追求是重要的。

我上北大正值青春期，一个人在青春期读些什么书可不是件小事，书籍、友谊、自然环境三者构成了心灵发育的特殊

氛围，其影响毕生不可磨灭。幸运的是，我在这三方面遭遇俱佳，卓越的外国文学名著、才华横溢的挚友和优美的燕园风光陪伴着我，启迪了我的求真爱美之心，使我愈发厌弃空洞丑陋的哲学教条。如果说我学了这么多年哲学而仍未被哲学败坏，则应当感谢文学。

我在哲学上的趣味大约是受文学熏陶而形成的。文学与人生有不解之缘，看重人的命运、个性和主观心境，我就在哲学中寻找类似的东西。最早使我领悟哲学之真谛的书是古希腊哲学家的一本著作残篇集，赫拉克利特的《我寻找过自己》，普罗塔哥拉的《人是万物的尺度》，苏格拉底的《未经审查的人生不值得一过》，犹如抽象概念迷雾中耸立的三座灯塔，照亮了久被遮蔽的哲学古老航道。

我还偏爱具有怀疑论倾向的哲学家，例如笛卡儿、休谟，因为他们教我对一切貌似客观的绝对真理体系怀着戒心。可惜的是，哲学家们在批判早于自己的哲学体系时往往充满怀疑精神，一旦构筑自己的体系却又容易陷入独断论。相比之下，文学艺术作品就更能保持多义性、不确定性、开放性，并不孜孜于给宇宙和人生之谜一个终极答案。

长期的文化禁锢使得我这个哲学系学生竟也无缘读到尼采或其他现代西方人的著作。上学时，只偶尔翻看过萧赣译的《查拉图斯特拉如是说》，因为是用文言翻译，译文艰涩，未留下深刻印象。直到大学毕业以后很久，才有机会系统阅读尼采的作品。我的确感觉到一种发现的喜悦，因为我对人生的思考、对诗的爱好以及对学院哲学的怀疑都在其中找到了呼应。一时兴发，我搞起了尼采作品的翻译和研究，而今已三年有余。现在，我正准备同尼采告别。

　　读书犹如交友，再情投意合的朋友，在一块待得太久也会腻味的。书是人生的益友，但也仅止于此，人生的路还得自己走。在这路途上，人与书之间会有邂逅、离散、重逢、诀别、眷恋、反目、共鸣、误解，其关系之微妙，不亚于人与人之间，给人生添上了些许情趣。也许有的人对一本书或一位作家一见倾心，爱之弥笃，乃至白头偕老。我在读书上却没有如此坚贞专一的爱情。倘若临终时刻到来，我相信使我含恨难舍的不仅有亲朋好友，还一定有若干册知己好书。但尽管如此，我仍不愿同我所喜爱的任何一本书或一位作家厮守太久，受染太深，丧失了我自己对书对人的影响力。

养成写日记
的习惯

　　如果你是一个重视心灵生活的人，我建议你养成写日记的习惯。

　　第一，日记是岁月的保险柜。每个人都只拥有一次人生，如果你热爱人生，你就一定会无比珍惜自己的经历。珍惜其中的欢乐和痛苦，心情和感受，因为它们是你真正拥有的东西。令人遗憾的是，这一切不可避免地会随着时间的流逝而失去。为了留住它们，人们用摄影和录像保存生活中的若干场景。与图像相比，文字的容量要大得多，所以，我认为写日记是更好的留住自己经历的办法。通过写日记，我们仿佛把逝去的一个个日子放进了保险柜，有一天打开这个保险柜，这些日子便会重现在眼前。对于一个不写日记的人来说，除了某些印象特别深刻的经历外，多数往事会渐渐模糊，甚至永远沉入遗忘的深渊。相反，如果有日记作为依凭，那么许多年前的细节，也比较容易在记忆中唤醒。在这个意义上，日记使人拥有了一个更丰富的人生。

第二，日记是灵魂的密室。人活在世上，不但要过外部生活，比如上学，和同学交往，而且要过内心生活。内心生活并不神秘，它实际上就是一个人自己与自己进行交谈。你读到了一本使你感动的书，看到了一片使你陶醉的风景，遇到了一件使你高兴或伤心的事，在这些时候，你心中也许有一些不愿对别人说的感受，你就用笔对自己说。当你这样做的时候，你是在写日记，也就是在过内心生活了。人必须学会倾听自己的心声，自己与自己交流，这样才能逐渐形成一个较有深度的内心世界，而写日记正是帮助我们达到这一目的的有效手段。

第三，日记是忠实的朋友。在人世间我们不能没有朋友，真正的友谊能让我们在一切时候得到温暖和鼓舞。不过，请不要忘记，在所有的朋友之外，每个人还可以拥有一个特殊的朋友，那就是日记。在某种意义上，它是你最忠实的朋友。别的朋友总有忙于自己的事情而不能关心你的时候，而日记却随时听从你的召唤，永远不会拒绝倾听你的诉说。一个人养成了写日记的习惯，他便不会无法忍受寂寞的时光，因为有日记陪伴他。日记的忠实还表现在它不会背叛你，无论你对它说了什么，它都只是珍藏在心里，决不违背你的意愿向外张扬。

第四，日记是作家的摇篮。要成为一个够格的作家，基本条件是有真情实感，并且善于用恰当的语言把真情实感表达出来。在这方面，写日记是最好的训练，因为日记是写给自己看的，一个人总不会把空洞虚假的东西献给自己。对于提高写作能力来说，日记有作文不可替代的作用。在写日记时，你是自由的，可以只写自己感兴趣的东西，不用为你不感兴趣的题目绞尽脑汁。你还可以只按照自己满意的方式写，不用考虑是否合乎某种要求或某种固定的规范。按照自己满意的方式写自己感兴趣的题材，这正是文学创作的主要特征，所以写日记是比写作文更接近于创作的。事实上，许多优秀作家的创作就是从写日记开始的，而且，如果他们想继续优秀，就必须在创作中始终保持写日记时的那种自由心态。

要得到以上这些好处，必须遵守两个条件。一是坚

持，尤其开始时每天都写，来不及就第二天补写，决不偷懒，决不姑息自己，这样才能形成习惯；二是认真，对触动了自己的事情和心情要仔细写，努力寻找确切的表达，决不马虎，决不敷衍自己，这样写日记时才能排除他人眼光的干扰，坦然面对自己，句句都写真心话。

与中学生
谈写作

　　我自己从来不看作文指导、作文秘诀之类的东西，因为我不相信写作有普遍适用的方法，也不相信有一用就灵的秘诀。所以，我不会和你们说这些。如果有谁和你们说这些，我劝你们也不要听，他说出的肯定是一些老生常谈。一个作家关于写作所能够说出的最有价值的东西，是他自己在写作中悟出来的道理。我尽量只讲这个。我想根据我的体会讲一讲，对于一个写作者来说，最重要的道理是哪些。

这一讲的主题是为何写。你们来听这个讲座，目的当然是想学到写作的本领。但是，为什么想学写作呢？这是一个不能不问的问题，它关系到能不能学成，学到什么程度。

1. 真正喜欢是前提

一定有不少同学是怀着作家梦学写作的，他们觉得当作家风光，有名有利。现在中学生写书出书成了时髦。中学生写的书，在广大中学生中有市场，出版商瞄准了这个大市场。中学生出书是新鲜事，有新闻效应，媒体也喜欢炒作。现在中学生用不着等到将来才当作家，马上就有可能。这对于中学生的作家梦是一个强有力的刺激。

我不认为中学生写书出书是坏事，更不认为想当作家是不良动机。但是，这不应该是主要动机甚至唯一动机。如果只有这么一个动机，就会出现两个后果。第一，你的写作会围绕着怎样能够被编辑接受和发表这样一个目标进行，你会去迎合，失去了你自己的判断力。

的确有人这样当上了作家，但他们肯定是蹩脚的作家。第二，你会缺乏耐心，如果你总是没被编辑看上，时间一久，你会知难而退。总之，当不当得上作家不是你自己能够做主的事情，所以，只为当上作家而写作，写作就成了受外界支配的最不自由的行为。

写作本来是最自由的行为，如果你自己不想写，世上没有人能够强迫你非写不可。对于为什么要写作这个问题，我最满意的回答是：因为我喜欢。或者：我自己也不知道为什么，就是想写。所有的文学大师，所有的优秀作家，在谈到这个问题时都表达了这样两个意思：第一，写作是他们内心的需要；第二，写作本身使他们感到莫大的愉快。通俗地说，就是不写就难受，写了就舒服。如果你对写作有这样的感觉，你就不会太在乎能不能当上作家了，当得上固然好，当不上也没关系，反正你总是要写的。事实上，你越是抱这样的态度，你就越有可能成为一个好的作家，不过对你来说那只是一个副产品罢了。

所以，我建议你们先问自己两个问题：第一，我是不是真的喜欢写作？第二，如果当不上作家，我还愿意写吗？如果答案是肯定的，你就具备了进入写作的最基本条件。如果是否定的，我奉劝你趁早放弃，在别的领域求发展。我敢肯定，写作这种事情，如果不是真正喜欢，花多大工夫也是练不出来的。

2. 用写作留住逝水年华

有人问我：你怎样走上写作的路的？我自己回想，我什么时候算走上了呢？我发表作品很晚。不过，我不从发表作品算起，我认为应该从我开始自发地写日记算起。那是读小学的时候，只有八九岁吧，有一天我忽然觉得，让每一天这样不留痕迹的小事流失太可惜了。于是我准备了一个小本子，把每天到哪儿去玩了、吃了什么好吃的东西等等都记下来，潜意识里是想留住人生中的一切好滋味。现在我认为，这已经是写作意识最早的觉醒。

人生的基本境况是时间性，我们生命中的一切精力都无可避免地会随着时间的流逝而失去。"子在川上曰：逝者如斯夫，不舍昼夜。"人生最宝贵的是每天、每年、每个阶段的活生生的经历，它们所带来的欢乐和苦恼，心情和感受，这才是一个人一生中拥有的东西。但是，这一切仍然无可避免地会失去。总得想个办法留住啊，写作就是办法之一。通过写作，我们把易逝的生活变成长存的问题，就可以以某种方式继续拥有它们了。这样写下的东西，你会觉得对于你自己的意义是至上的，发表与否只有很次要的意义。你是非写不可，如果不写，你会觉得所有的生活都白过了。这是写作之成为精神需要的一个方面。

3. 用写作超越苦难

人生有快乐，尼采说："一切快乐都要求永恒。"写作是留住快乐的一种方式。同时，人生中不可避免地有苦难，当我们身处其中时，写作又是在苦难中自救的一种方式。这是写作之成为精神需要的另一个方面。许多伟大作品是由苦难催生的，逆境出文豪，例如司马迁、曹雪芹、陀思妥耶夫斯基、普鲁斯特等。史铁生坐上轮椅后开始写作，他说他不能用腿走路了，就用笔来走人生之路。

写作何以能够救自己呢？事实上它并不能消除和减轻既有的苦难，但是，通过写作，我们可以把自己与苦难拉开一个距离，以这种方式超越苦难。写作的时候，我们就好像从正在受苦的那个自我中挣脱出来了，把他所遭受的苦难作为对象，对他进行审视、描述、理解，距离就是这么拉开的。我写《妞妞》时就有这样的体会，好像有一个更清醒也更豁达的我在引导着这个身处苦难中的我。

当然，你们还年轻，没有什么大的苦难。可是，生活中不如意的事总是有的，青春和成长也会有种种烦恼。一个人有了苦难，去跟人诉说是一种排解，但始终这样做的人就会变得肤浅。要学会跟自己诉说，和自己谈心，久而久之，你就渐渐养成了过内心生活的习惯。当你用笔这样做的时候，你就已经是在写作了，并且这是和你的精神生活合一的最真实的写作。

4. 写作是精神生活

总的说来，写作是精神生活的方式之一。人有两个自我，一个是内在的精神自我，一个是外在的肉身自我，写作是那个内在的精神自我的活动。普鲁斯特说，当他写作的时候，进行写作的不是日常生活中的那个他，而是"另一个自我"。他说的就是这个意思。

外在自我会有种种经历，其中有快乐也有痛苦，有顺境也有逆境。通过写作，可以把外在自我的经历，不论快乐和痛苦，都转化成了内在自我的财富。有写作习惯的人，会更细致地品味、更认真地思考自己的外在经

历，仿佛在内心中把既有的生活重过一遍，从中发现更
丰富的意义，并储藏起来。

我的体会是，写作能够练就一种内在视觉，使我留
心并善于捕捉住生活中那些有价值的东西。如果没有这
种意识，总是听任好的东西流失，时间一久，以后再有
好的东西，你也不会珍惜，日子就会过得浑浑噩噩。写
作使人更敏锐也更清醒，对生活更投入也更超脱，既贴
近又保持距离。

在写作时，精神自我不只是在摄取，更是在创造。
写作不是简单地把外在世界的东西搬到了内在世界中，
他更是在创造不同于外在世界的另一个世界。雪莱说：
"诗创造了另一种存在，使我们成为一个新世界的居民。"
这不仅指想象和虚构，凡真正意义上的写作，都是精神
自我为自己创造的一个自由空间，这是写作的真正价值
之所在。

写作与自我

这一讲的主题是为谁写和写什么。其实，明确了为何写，这两个问题也就有答案了。简单地说，就是为自己写，写自己真正感兴趣的东西。

1. 为自己写作

如果一个人出自内心需要而写作，把写作当作自己的精神生活，那么，他必然首先是为自己写作的。凡是精神生活，包括宗教、艺术、学术，都首先是为自己的，是为了解决自己精神上的问题，为了自己精神上的提高。孔子说："古之学者为己，今之学者为人。"为己就是注重自己的精神修养，为人是做给别人看，当然就不是精神生活，而是功利活动。

所谓为自己写作，主要就是指排除功利的考虑，之所以写，只是因为自己想写、喜欢写。当然不是不给别人读，作品总是需要读者的，但首先是给自己读，要以自己满意为主要标准。一方面，这是很低的标准，就是不去和别人比，自己满意就行。世界上已经有这么多伟大作品，我肯定写不过人家，干吗还写呀？不要这样想，只要我自己喜欢，我就写，不要去管别人对我写出的东西如何评价。另一方面，这又是很高的标准，别人再说好，自己不满意仍然不行。一个自己真正想写的作品，就一定要写到让自己真正满意为止。真正的写作者是作品至上主义者，把写出自己满意的好作品看作最大快乐，看作目的本身。事实上，名声会被忘掉，稿费会被消费掉，但好作品不会，一旦写成就永远属于我了。

唯有为自己写作，写作时才能拥有自由的心态。不为发表而写，没有功利的考虑，心态必然放松。在我自己的作品中，我最喜欢的是《人与永恒》，就因为当时写这些随想时根本不知道以后会发表，心态非常放松。现在预定要发表的东西都来不及写，不断有编辑在催你，就有了一种不正常的紧迫感。所以，我一直想和出版界"断交"，基本上不接受约稿，只写自己想写的东西，写完之前免谈发表问题。

唯有为自己写作，写作才能保持灵魂的真实。相反，为发表而写，就容易受到他人眼光的支配，或者受物质利益的支配。后一方面是职业作家尤其容易犯的毛病，因此他借此谋生，不管有没有想写的东西都非写不可，必定写得滥，名作家往往也有大量平庸之作。所以，托尔斯泰说："写作的职业化是文学堕落的主要原因。"法国作家列那尔在相同的意义上说："我把那些还没有以文学为职业的人称作经典作家。"最理想的是另有稳定的收入，把写作当作业余爱好，如果不幸当上了职业作家，也应该尽量保持一种非职业的心态，为自己保留一个不为发表的私人写作领域。有一家出版社出版"名人日记"丛书，向我约稿，我当然拒绝了。我想，一个作家如果不再写私人日记，已经是堕落，如果写专供发表的所谓日记，那就简直是无耻了。

2. 真正的写作从写日记开始

真正的写作，即完全为自己的写作，是从写日记开始的。我相信，每一个好作家都有长久的纯粹私人写作的前史，这个前史决定了他后来成为作家不是仅仅为了谋生，也不是为了出名，而是因为写作是他的心灵需要。一个真正的写作者是改不掉写日记习惯的人了，全部作品都是变相的日记。我从高中开始天天写日记，在中学和大学时期，这成了我的主课，是我最认真做的一件事。后来被毁掉了，成了我的永久的悔恨，但有一个收获是毁不掉的，就是养成了写作的习惯。

我要再三强调写日记的重要，尤其对中学生。当一个少年人并非出于师长之命，而是自发地写日记时，他就已经进入了写作的实质。这表明第一，他意识到了并试图克服生存的虚幻性质，要抵抗生命的流逝，挽留岁月，留下他们曾经存在的证据；第二，他有了与自己灵魂交谈、过内心生活的需要。看一个中学生在写作上有无前途，我主要不看语文老师给他的作文打多少分，而看他是否喜欢写日记。写日记一要坚持（基本上每天写），二要认真（不敷衍自己，对真正触动自己的事情和心情要细写，努力寻找确切的表达），三要保密（基本上不给人看，为了真实）。这样持之以恒，不成为作家才怪呢。

3. 写自己真正感兴趣的东西

写什么？我只能说出这一条原则：写自己真正感兴趣的东西。题材没有限制，凡是感兴趣的都可以写，凡是不感兴趣的都不要写。既然你是为自己写，当然就这样。如果你去写自己不感兴趣的东西，肯定你就不是在为自己写，而是为了达到某种外在的目的了。

在题材上，不要追随时尚，例如当今各种大众刊物上泛滥的温馨小情调故事之类。不要给自己定位，什么小女人、另类、新新人类，你都不是，你就是你自己。也不要主题先行，例如反映中学生的生活面貌之类，要写出他们的乖、酷、早熟什么的。不要给自己设套，生活中，阅读中，什么东西触动了你，就写什么。

重要的不是题材，而是对题材的处理，不是写什么，而是怎么写。表面上相同的题材，不同的人可以写成完全不同的东西。好的作家无论写什么，一总能写出他独特的眼光，二总能揭示出人类的共同境况，既写的总是自己，又总是整个人生和世界。

写作与自我

这一讲的主题是怎样写。其实怎样写是没法讲的，因为风格和方法都不是孤立的，存在于具体的作品之中，无法抽取出来，抽取出来便不再是原来的那个东西，失去了任何意义。每一个优秀作家都有自己的风格和方法，他们是和他的全部写作经验联系在一起的，原则上是不可学的。我这里只能说一些最一般的道理，这些道理也许是所有的写作者都不该忽视的。

1. 勤于积累素材和锤炼文字

好的作品必须有两样东西，一是好的内容，二是好的文字表达。这两样东西不是在写作时突然产生的，而是靠平时下工夫。当然，写作时会有文思泉涌的时刻，绝妙的构思和表达仿佛自己来到了你面前，但这也是以平时做的工作为基础的。作家是世界上最勤快的人，他总是处在工作状态，不停地做着两件事，便是积累素材和锤炼文字。严格地说，作家并非仅仅在写一个具体的作品时才在写作，其实他无时无刻不在写作。

灵感闪现不是作家的特权，而是人的思维的最一般特征。当我们刻意去思考什么的时候，我们未必得到好的思想。可是，在我们似乎什么也不想的时候，脑子并没有闲着，往往会有稍纵即逝的感受、思绪、记忆、意象等等在脑中闪现。一般人对此并不在意，他们往往听任这些东西流失掉。日常生活的潮流把他们冲向前去，他们来不及也顾不上加以回味。作家不一样，他知道这些东西的价值，会抓住时机，及时把它们记下来。如果不及时记下来，它们很可能就永远消失了。为了及时记下，必须克服懒惰（有时是疲劳）、害羞（例如在众目睽睽的场合）和世俗的礼貌（必须停止与人周旋）。作家和一般人在此开始分野。写作者是自己的思想和感受的辛勤的搜集者。许多作家都有专门的笔记本，用于随时记录素材。写小说的人都有一个体会，就是故事情节可以虚构，细节却几乎是无法虚构的，它们只能来自平时的观察和积累。

作家的另一项日常工作是锤炼文字。他不只是在写作品这件事，平时记录思想和文学的素材时，他就已经在文字表达上下工夫了。事实上，内容是依赖于表达的，你要真正留住一个好的意思，就必须找到准确的表达，否则即使记录了下来，也是打了折扣的。写作者爱自己的思想，不肯让它被坏的文字辱没，所以也爱上文字的艺术。好的文字风格如同好的仪态风度，来自日常一丝不苟的积累。无论写什么，包括信、日记、笔记，甚至一张便笺，下笔决不马虎，不肯留下一行不修边幅的文字，如果你这样做，日久必会写出一手好文章。

2. 质朴是大家风度

质朴是写作上的大家风度，表现为心态上的平淡，内容上的真实，文字上的朴素。相反，浮夸是小家子气，表现为心态上的卖弄，内容上的虚假，文字上的雕琢。

文人最忌、又难戒的是卖弄，举凡名声、地位、学问、经历，甚至多愁善感的心肠，风流的隐私，都可以拿来卖弄。有些人把写作当作演戏，无论写什么，一心想着的是自己扮演的角色，这角色在观众中可能产生的效果。凡是热衷于在自己的作品中抛头露面的人，都应该改行去做电视主持人。

真实的前提是有真东西。有真情实感才有抒情的真实，否则只能矫情、煽情。有真知灼见才有议论的真实，否则必定假大空。有对生活的真切观察才有叙述的真实，否则只能从观念出发编造。在《战争与和平》中，托尔斯泰写娜塔莎守在情人临终的病床边，这个悲痛欲绝的女人在做什么？在织袜子。这个细节包含了对生活的最真实的观察和理解，但一般人决不会这么写。

大师的文字风格往往是朴素的。本是在用日常词汇表达独特的东西，通篇寻常句子，读来偏是与众不同。你们不妨留心一下，初学者往往喜欢用华丽的修辞，而他们的文章往往雷同。

3. 文字贵在简洁

对于一个作家来说，节省语言是基本美德。文字功夫基本上是一种删除废话废字的功夫。列那尔说：风格就是仅仅使用必不可少的词，绝对不写长句子，最好只用主语、动词和谓语。要惜墨如金，养成一种洁癖，看见一个多余的字就觉得难受。

写作与读书

　　这一讲的主题是谁在写。一个人以怎样的目的和方式写作，写出怎样的作品，归根到底取决于他是个怎样的人。在一定意义上，每个作家都是在写自己，而这个自己有深浅宽窄之分，写出来的结果也就大不一样。造就一个人的因素很多，我只说一个方面，就是读书。

1. 养成读书的爱好

　　写作者的精神世界与读书有密切关系。许多大作家同时是大学者或酷爱读书的人，例如歌德、席勒、加缪、罗曼·罗兰、毛姆、博尔赫斯等。中国也有作家兼学者的传统，例如鲁迅、郭沫若、茅盾、叶圣陶、林语堂、梁实秋、沈从文。现在许多作家不读书，只写书，写出的东西就难免贫乏。

　　要养成读书的爱好，使读书成为生活的基本需要，不读书就感到欠缺和不安。宋朝诗人黄山谷说："三日不读书，便觉语言无味，面目可憎。"三日不读书，自惭形秽，觉得没脸见人，要有这样的感觉。

　　读书的面可以广泛一些，不要只限于读文学书，琢磨写作技巧。读书的收获是精神世界的拓展，而这对写作的助益是整体性的。

2. 读最好的书

读书的面可以广，但档次一定要高。读书的档次对写作有直接的影响，大体上决定了写作的档次。平日读什么书，会形成一种精神趣味和格调，写作时就不由自主地跟着走。所以，读坏书——我是指平庸的书——不但没有收获，而且损害莫大。

我一直提倡读经典名著，即人类文化宝库中的那些不朽之作。古今中外有过多少书，唯有这些书得到长久和广泛的流传，绝大多数书被淘汰，绝非偶然。书如汪洋大海，你自己做全面筛选不可能，碰到什么读什么又太盲目。这等于是全人类替你初选了一遍，这等好事为何要拒绝。即使经典名著，数量也太多，仍要由你自己再选择一遍。重要的是要有一个信念，非最好的书不读。有了这个信念，即使读了一些并非最好的书，仍会逐渐找到那些真正属于你的最好的书，并成为他们的知音。

千万不要跟着媒体跑，把时间浪费在流行读物上。天下好书之多，一辈子读不完，岂能把生命浪费在这种东西上。我不是故作清高，我有许多赠送的报刊，不读觉得对不起人家，可是读了总后悔不已，头脑里乱糟糟又空洞洞，不只是浪费了时间，最糟的是败坏了精神胃口。 歌德做过一个试验，半年不读报纸，结果发现和以前天天读报比，没有任何损失。

3.读书应该激发创造力

我提倡你们读书，但许多思想家对书籍怀有警惕，例如蒙田、叔本华、尼采。 开卷有益，但也可能无益，甚至有害，就看它是激发了还是压抑了自己的创造力。对于一个写作者来说，读书应该起到一种作用，就是刺激自己的一种写作欲望。

为了使读书有助于写作，最好养成写笔记的习惯。包括：一、摘录对自己有启发的内容；二、读书的体会，特别是读书时浮现的感触、随想、联想，哪怕他们似乎与正在读的书完全无关，愈是这样它们也许对你就愈有价值，是你的沉睡着的宝藏被唤醒了。

- 02 -

阅读，青春期最美妙的恋爱

哲学与你有缘

1. 哲学就是谈心

公元前五世纪是哲学的世纪，东西方各有圣人出——孔子和苏格拉底，分别奠定了中西两千多年的精神传统。这两位大哲，一生致力于做一件事，就是和年轻人谈心。他们都不设课堂，不留文字，谈心是他们从事哲学的主要方式。只是到了身后，弟子把老师的言论整理成书，于是中国有《论语》，西方有《柏拉图对话录》，成为中西哲学之元典。

一个人要和别人谈心，必须先和自己谈心。孔子和苏格拉底想必亦如此，是把和自己谈心的所得告诉了学生。和自己谈心，这正是基本的哲学活动，而它是我们每个人都可以进行的。

你也许会说：谈心还不容易？且慢，请回想一下，你有多少时间是在和自己谈心？我们平时忙于事务，和自己谈的——也就是脑中想的——多半也是事，怎么做某件事、怎么与人打交道之类。陷在事之中，这个状态是最不哲学的。不过，只要愿意，你又是可以抽出一些时间和自己谈心的，而养成了这个习惯，就是进入了一种哲学的生活状态。

2. 哲学开始于惊疑

谈心谈什么？谈宇宙，谈人生，总之是谈大问题。从事中跳出来，看宇宙和人生的全景，想大问题，你的心就会变得开阔。

柏拉图有言：哲学开始于惊疑——惊奇和疑惑。惊奇，面对的是宇宙；疑惑，面对的是人生。无论人类，还是个人，一旦对宇宙感到惊奇，对人生感到困惑，哲学就开始了。

在古希腊，最早的哲学开始于仰望星空，早期哲学家多半是天文学家。古希腊第一个哲学家泰勒斯，总是专注于抬头看天，有一回不慎掉入井中，因此遭到身边女仆的嘲笑，笑他急于知道天上的事情，却看不见地上的事物。我替泰勒斯回答她：宇宙无限，人类的活动范围如此狭小，忙于地上的事情而不去探究天上的道理，岂不是更可笑的无知？

到了苏格拉底，希腊哲学发生了一个转折。按照西塞罗的说法，苏格拉底是第一个把哲学从天上召唤到地上来的人。他的哲学聚焦于人生，看见人们似乎明白实际是麻木地生活着，他就用追根究底的提问使之产生疑惑，激励其开始思考人生。他的这种做法得罪了许多人，因此被雅典法庭判处死刑。宣判之时，他在法庭上说出了一句流传千古的名言："未经思考的人生不值得一过。"

康德说：世上最使人敬畏的两样东西是头上的星空和心中的道德律。哲学无非是做两件事，一是思考头上的星空，宇宙的奥秘；二是思考心中的道德律，做人的道理。所以，可以这样给哲学下定义：哲学是对世界和人生的根本问题的思考。

3. 孩子都是哲学家

人们常常说哲学玄虚、抽象、艰涩，其实不然。用哲学的定义来衡量，你会发现，孩子都是哲学家。

举我的女儿为例。四岁时她问："天上有什么？"妈妈答："云。"问："云后面呢？"答："星星。"问："星星后面呢？"答："还是星星。"问："最后的最后是什么？"答："没有最后。"问："怎么会没有最后？"妈妈语塞。她又问："第一个人是从哪儿来的？"答："中国神话说是女娲造的。"问："女娲是谁造的？"妈妈也语塞。女儿五岁时知道人长大了会老会死，因此常说一句话："我不想长大。"有一天自语："假如时间不过去该多好，我就不会长大了。"然后问我："为什么时间会过去？"我同样是语塞。

其实，做父母的只要留心，都会发现自己的孩子问过类似的问题。这类问题之所以回答不了，原因不是缺乏相关知识，而是因为超越了知识的范围，是所谓终极追问。这正是哲学问题的特点。

请回想一下，在童年时代，当你仰望星空之时，何尝不是对宇宙之谜怀有一种神秘感？当你知道生必有死之时，何尝不是对生命意义产生了一种困惑？反过来说，面对浩渺宇宙不感到惊奇，面对短暂人生不感到疑惑，岂不是最大的麻木？所以，哲学问题绝不是某几个头脑古怪的哲学家挖空心思想出来的，而是人生本身就包含着的。如果你葆有孩子般纯真的心智，它们一定仍然是你的问题。

4. 哲学没有标准答案

哲学是对世界和人生的根本问题的思考——在这个定义中，请注意两个关键词。其一，根本问题。哲学不只是方法论，如果你撇开根本问题，只是琢磨用什么聪明的方法去解决一些枝节问题，你就仍然与哲学无缘。其二，思考。哲学不是教条，如果你放弃独立思考，只是记诵一些现成的结论，你离哲学就比没有学这些教条的时候更远了。

哲学上的根本问题，比如世界的本质和人生的意义，原是没有最终答案的，更不存在所谓标准答案。如果有一种哲学宣称能给你一个标准答案，那一定是伪哲学。哲学的原义是爱智慧，什么是爱智慧？未经思考的人生不值得一过——苏格拉底的这句名言是最好的注解，就是绝不肯糊里糊涂地活，一定要想明白人生的道理。可是，教条式的哲学教学做的正是相反的事情，恰恰是要给你一个不思考的人生。

所以，我认为必须改革我们的哲学教学。哲学教材应该以问题为核心，辑录大哲学家们的相关著作，让年轻人知道人类最伟大的头脑在思考什么问题，有些什么不同的思路。通过这样的学习，唤醒你心中本来就存在的类似问题，使你对它们的思考保持在活跃和认真的状态。达到了这个效果，你就是真正进入了哲学。

5. 哲学让你有一个好心态

也许有人要问：既然哲学问题没有最终答案，思考它们又有何用？我的回答是：想这些无用问题的用处，就是让你有一个好心态。

首先，一个想宇宙和人生大问题的人，眼界和心胸比较开阔，在日常生活中就会比较超脱。王尔德说："我们都生活在阴沟里，但我们中有些人仰望星空。"可以想见，当人们热衷于阴沟里的争斗之时，仰望星空的人是不会参与其中的。相反，如果你的人生没有广阔的参照系，就容易把全部注意力放在眼前的事情上，事情多么小也会被无限放大，结果便是死在一件小事上。

其次，人生哲学的核心是价值观。在价值观问题上，当然也不存在最终答案，但你可以有自己的选择，而这

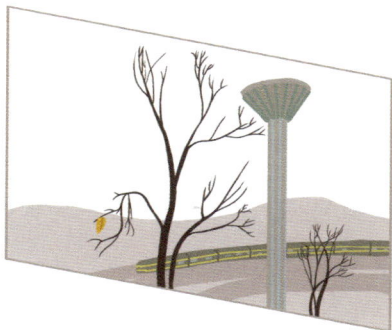

个选择事关重大。唯有从人生的全景出发，你才能看明白人生中什么是重要的，什么是不重要的，而这正是哲学的作用。因此，对于重要的东西，你可以看得准、抓得住，对于不重要的东西，你可以看得开、放得下，做到大事不糊涂，小事不纠结，从而活得更积极也更超脱。

　　说到底，哲学解决的是心的问题，是要让你的心有一个好的状态。

经典和我们

    我的读书旨趣，第一是把人文经典当作主要读物，第二是用轻松的方式来阅读。

    人类历史上产生了那样一些著作，它们直接关注和思考人类精神生活的重大问题，因而是人文性质的，同时其影响得到了世代的公认，已成为全人类共同的财富，因而又是经典性质的，我们把这些著作称作人文经典。在人类精神探索的道路上，人文经典构成了一种伟大的传统，任何一个走在这条路上的人都无法忽视其存在。

    认真地说，并不是随便读点什么都能算是阅读的。譬如说，我不认为背功课或者读时尚杂志是阅读。真正的阅读必须有灵魂的参与，它是一个人的灵魂在一个借文字符号构筑的精神世界里的漫游，是在这漫游途中的自我发现和自我成长，因而是一种个人化的精神行为。什么样的书最适合于这样的精神漫游呢？当然是经典。经典不但属于历史，而且超越历史，仿佛有一颗不死的灵魂在其中永存。正因为如此，在阅读它们时，不同时代的个人都可能感受到一种灵魂觉醒的惊喜。在这个意义上，经典属于每一个人。

一个人如果并无精神上的需要，读什么倒是无所谓的，否则就必须慎于选择，也许没有一个时代拥有像今天这样多的出版物，然而，很可能今天的人们比以往任何时候都阅读得少。在这样的时代，一个人尤其要懂得拒绝和排除，才能够进入真正的阅读。这是我主张坚决不读二三流乃至不入流读物的理由。

图书市场上有一件怪事，别的商品基本上是按质论价，唯有图书不是。同样厚薄的书，不管里面装的是垃圾还是金子，价钱都差不多。更怪的事情是，人们宁愿把可以买回金子的钱用来买垃圾。至于把宝贵的生命耗费在垃圾上还是金子上，其间的得失就完全不是钱可以衡量的了。

古往今来，书籍无数，没有人能够单凭一己之力从中筛选出最好的作品来。幸亏我们有时间这位批评家，虽然它也未必绝对智慧和公正，但很可能是一切批评家中最智慧和最公正的一位，多么独立思考的读者也不妨听一听它的建议。所谓经典，就是时间这位批评家向人们提供的建议。

对经典也可以有不同的读法。一个学者可以把经典当作学术研究的对象，对某部经典或某位经典作家的全部著作下考证和诠释的工夫，从思想史、文化史、学科史的角度进行分析。这是学者的读法。但是，如果一部经典只有这一种读法，我就要怀疑它作为经典的资格，就像一个学者只会用这一种读法读经典，我就要断定他不具备大学者的资格一样。

作为普通人，我们如何阅读经典呢？我的经验是，无论是《论语》还是《圣经》，无论是柏拉图还是康德，不妨就当作闲书轻松地读。千万不要端起做学问的架子，刻意求解。读不懂不要硬读，先读那些读得懂的、能够引起自己兴趣的内容。阅读经典有一个浸染和熏陶的过程，所谓人文修养就是这样浸染和熏陶出来的。在不实用而有趣这一点上，阅读经典的确很像一种消遣。事实上，许多心智活泼的人正是把阅读经典当作最好的消遣的，他们从阅读经典中感受到精神的极大愉悦。不过，也请记住，经典虽然属于每一个人，但永远不属于大众。我的意思是说，阅读经典的轻松绝对不同于阅读大众时尚读物的那种轻松。每一个人只能作为有灵魂的个人，而不是作为无个性的大众，才能走到经典中去。如果有一天你也陶醉于阅读经典这种美妙的消遣中，你就会发现，你已经距离一切大众娱乐性质的消遣很遥远。

　　经典是人类精神财富的一个宝库，它就在我们身旁，其中的财富属于我们每一个人。阅读经典，就是享用这笔宝贵的财富。凡是领略过此种享受的人应该会同意，倘若一个人活了一生一世，却从未踏进这个宝库，那该是多么巨大的损失啊。

童年

我只关心一件事，就是让孩子有一个幸福的童年，能够快乐、健康、自由地生长。只要做到了这一点，他将来做什么，到时候他自己会做出最好的决定，比我们现在能做的好一百倍。

做一个真正的读者

读者是一个美好的身份。每个人在一生中会有各种其他的身份，例如学生、教师、作家、工程师、企业家等，但是，如果不同时也是一个读者，这个人就肯定存在着某种缺陷。一个不是读者的学生，不管他考试成绩多么优秀，本质上不是一个优秀的人才。

一个不是读者的作家，我们有理由怀疑他作为作家的资格。在很大程度上，人类精神文明的成果是以书籍的形式保存的，而读书就是享用这些成果并把它们据为己有的过程。质言之，做一个读者，就是加入到人类精神文明的传统中去，做一个文明人。在某种意义上，一个民族的精神素质取决于人口中高趣味读者的比例。

相反，对于不是读者的人来说，凝聚在书籍中的人类精神财富等于不存在，他们不去享用和占有这笔宝贵的财富，一个人唯有在成了读者以后才会知道，这是多么巨大的损失。历史上有许多伟大的人物，在他们众所周知的声誉背后，往往有一个人所不知的身份，便是终身读者，即一辈子爱读书的人。

然而，一个人并不是随便读点什么就可以称作读者的。在我看来，一个真正的读者应该具备以下特征——

1. 读书癖好

第一，养成了读书的癖好。也就是说，读书成了生活的必需，真正感到不可缺少，几天不读书就寝食不安，自惭形秽。如果你必须强迫自己才能读几页书，你就还不能算是一个真正的读者。当然，这种情形决非刻意为之，而是自然而然的，是品尝到了阅读的快乐之后的必然结果。

事实上，每个人天性中都蕴涵着好奇心和求知欲，因而都有可能依靠自己去发现和领略阅读的快乐。遗憾的是，当今功利至上的教育体制正在无情地扼杀人性中这种最宝贵的特质。

在这种情形下，我只能向有见识的教师和家长反复呼吁，请你们尽最大可能保护孩子的好奇心，能保护多少是多少，能抢救一个是一个。我还要提醒那些聪明的孩子，在达到一定年龄之后，你们要善于向现行教育争自由，学会自我保护和自救。

2. 读书趣味

第二，形成了自己的读书趣味。世上书籍如汪洋大海，再热衷的书迷也不可能穷尽，只能尝其一瓢，区别在于尝哪一瓢。读书是一件非常私人的事情，喜欢读什么书，不论范围是宽是窄，都应该有自己的选择，体现了自己的个性和兴趣。

其实，形成个人趣味与养成读书癖好是不可分的，正因为找到了和预感到了书中知己，才会锲而不舍，欲罢不能。没有自己的趣味，仅凭道听途说东瞧瞧，西翻翻，连兴趣也谈不上，遑论癖好。

针对当今图书市场的现状，我要特别强调，千万不要追随媒体的宣传只读一些畅销书和时尚书，倘若那样，你绝对成不了真正的读者，永远只是文化市场上的消费大众而已。须知时尚和文明完全是两回事，一个受时尚支配的人仅仅生活在事物的表面，貌似前卫，本质上却是一个野蛮人，唯有扎根于人类精神文明土壤中的人才是真正的文明人。

3. 读书品位

第三，有较高的读书品位。一个真正的读者具备基本的判断力和鉴赏力，仿佛拥有一种内在的嗅觉，能够嗅出一本书的优劣，本能地拒斥劣书，倾心好书。这种能力部分地来自阅读的经验，但更多地源自一个人灵魂的品质。当然，灵魂的品质是可以不断提高的，读好书也是提高的途径，二者之间有一种良性循环的关系。重要的是一开始就给自己确立一个标准，每读一本书，一定要在精神上有收获，能够进一步开启你的心智。只要坚持这个标准，灵魂的品质和对书的判断力就自然会同步得到提高。一旦你的灵魂足够丰富和深刻，你就会发现，你已经上升到了一种高度，不再能容忍那些贫乏和浅薄的书了。

能否成为一个真正的读者，青少年时期是关键。经验证明，一个人在这个时期倘若没有养成读好书的习惯，以后再要培养就比较难了，倘若养成了，则必定终身受用。青少年对未来有种种美好的理想，我对你们的心愿是，在你们的人生蓝图中千万不要遗漏了这一种理想，就是立志做一个真正的读者，一个终身读者。

青春期的阅读

青春期是人生最美妙的时期。恋爱是青春期最美妙的事情。我说的恋爱是广义的，不只是对异性的憧憬和眷恋，更未必是某个男生与某个女生之间的卿卿我我。荷尔蒙所酿造的心酒是那么浓郁，醉意常在，万物飘香。随着春心萌动，少男少女对世界和人生都是一种恋爱的心情，眼中的一切都闪烁着诱人的光芒。在这样的心情中，一个人倘若有幸发现了一个书的世界，就有了青春期最美妙的恋爱——青春期的阅读。

回想起来，我的青春期的最重大事件是对书的迷恋，这使我终身受益。从中学开始，我的课余时间都是在阅览室内度过的，看的多半是课外书。阅览室的墙上贴着高尔基的语录："我扑在书籍上，就像饥饿的人扑在面包上一样。"当时真是觉得，这句话无比贴切地表达了我的心情。现在想，觉得不够贴切了，因为它只表达了读书的饥渴感，没有表达出那种如痴如醉的精神上的幸福感。

青春期的阅读真正具有恋爱的性质，那样纯洁而痴迷。书的世界里，一本本尚未翻开的书，犹如一张张陌生女郎的谜样面影，引人遐想，招人赏析。每翻开一本新书，心中期待的是一次新的奇遇，一场新的销魂。人的一生中，以后再不会有如此纯洁而痴迷的阅读了，成年人的阅读几乎不可避免地被功利、事务、疲劳损害。但是，一个人在青春期是否有过这种充满激情的阅读经验，这一点至关重要，其深远的影响必定会在后来的人生中显示出来。青春期是精神生长的关键期，也是养成阅读习惯的关键期，二者之间有着内在的联系。通过青春期的阅读，一个人真正发现的是人类的一个丰富多彩的精神生活世界，品尝到了在这个世界里漫游的快乐。从此以后，这个世界在他的人生地图上就有了牢不可破的位置，会不断地向他发出召唤。相反，有些人在学生时代只把力气用在功课和考试上，毫无自主阅读的兴趣，那结果是什么，你们看一看那些走出校门后不再读书的

人就知道了。

学习是一辈子的事情。事实上，在我迄今所读的书中，当学生时读的占很小一部分，绝大部分是在走出校门后读的。我相信，其他爱读书的人一定也是如此。我还相信，他们基本上也是在年少时代为一辈子的读书打下了基础。这个基础，一是产生了强烈而持久的阅读兴趣，二是形成了自己的阅读眼光和品位。

看一个学生的心智素质好不好，我就看他是否具备了两种能力，一是快乐学习的能力，二是自主学习的能力。简言之，就是喜欢学习和善于自学。这样的能力，一方面诚然也可以体现在功课上，比如探索出一套有效的方法，能够比较轻松地对付考试。但是，另一方面，我认为更重要的是体现在课外阅读上，课外阅读是学生个性和禀赋自由发展的主要空间，素质优秀的学生一定不会放弃这个空间的。我由此得出了一个衡量学生素质的简明尺度，就是看课外阅读在他的全部学习中所占的比重有多大。我坚信，一个爱读书、会读书的学生，即使功课稍差，他将来的作为定能超过那种功课全优但毫无自主阅读兴趣的学生。同样，衡量一所学校的教育水准，我也要看是否有浓厚的阅读风气，爱读书、会读书的学生占的比重有多大。如果只是会考试，升名校率高，为此搭进了学生们的全部时间和精力，那不能算是好学生，一个恰当的名称叫应试能校。

好读书

1

人的癖好五花八门，读书是其中之一。但凡人有了一种癖好，也就有了看世界的一种特别眼光，甚至有了一个属于他的特别的世界。不过，和别的癖好相比，读书的癖好能够使人获得一种更为开阔的眼光，一个更加丰富多彩的世界。我们也许可以据此把人分为有读书癖的人和没有读书癖的人，这两种人生活在很不相同的世界上。

2

一个人怎样才算养成了读书的癖好呢？我觉得倒不在于读书破万卷，一头扎进书堆，成为一个书呆子。重要的是一种感觉，即读书已经成为生活的基本需要，不读书就会感到欠缺和不安。宋朝诗人黄山谷有一句名言："三日不读书，便觉语言无味，面目可憎。"如果你三日不读书，就感到自惭形秽，羞于对人说话，觉得没脸见人，则你必定是一个有读书癖的人了。

3

读书唯求愉快，这是一种很高的境界。关于这种境界，陶渊明做了最好的表述："好读书，不求甚解。每有会意，便欣然忘食。"不过，我们不要忘记，在《五柳先生传》中，这句话前面的一句话是："闲静少言，不慕荣利。"可见要做到出于性情而读书，其前提是必须有真性情。那些躁动不安、事事都想发表议论的人，那些渴慕名利的人，哪里肯甘心于自个儿会意的境界。

4

以愉快为基本标准，这也是在读书上的一种诚实的态度。无论什么书，只有你读时感到了愉快，使你发生了共鸣和获得了享受，你才应该承认它对于你是一本好书。尤其是文学作品，本身并无实用，唯能使你的生活充实，而要做到这一点，前提是你喜欢读。没有人有义务必须读诗、小说、散文。哪怕是专家们同声赞扬的名著，如果你不感兴趣，便与你无干。不感兴趣而硬读，其结果只能是不懂装懂，人云亦云。相反，据我所见，凡是真正把读书当作享受的人，必有自己鲜明的好恶，而且对此心中坦荡，不屑讳言。

5

对今天青年人的一句忠告：多读书，少上网。你可以是一个网民，但你首先应该是一个读者。如果你不读书，只上网，你就真成一条网虫了。称网虫是名副其实的，整天挂在网上，看八卦，聊天，玩游戏，精神营养极度不良，长成了一条虫。

互联网是一个好工具，然而，要把它当工具使用，前提是你精神上足够强健。否则，结果只能是它把你当工具使用，诱使你消费，它赚了钱，你却被毁了。

6

书籍是人类经典文化的主要载体。电视和网络更多地着眼于当下，力求信息传播的新和快，不在乎文化的积淀。因此，一个人如果主要甚至仅仅看电视和上网络，他基本上就是一个没有文化的人。他也许知道天下许多奇闻八卦，但这些

与他的真实生活毫无关系，与他的精神生长更毫无关系。一个不读书的人是没有根的，他对人类文化传统一无所知，本质上是贫乏和空虚的。我希望今天的青少年不要成为没有文化的一代人。

7

我承认我从写作中也获得了许多快乐，但是，这种快乐并不能代替读书的快乐。有时候我还觉得，写作侵占了我的读书的时间，使我蒙受了损失。写作毕竟是一种劳动和支出，而读书纯粹是享受和收入。

8

对我们影响最大的书往往是我们年轻时读的某一本书，它的力量多半不源于它自身，而源于它介入我们生活的那个时机。那是一个最容易受影响的年龄，我们好歹要崇拜一个什么人，如果没有，就崇拜一本什么书。后来重读这本书，我们很可能会对它失望，并且诧异当初它何以使自己如此心醉神迷。但我们不必惭愧，事实上那是我们的精神初恋，而初恋对象不过是把我们引入精神世界的一个诱因罢了。当然，同时它也是一个征兆，我们早期着迷的书的性质大致显示了我们的精神类型，预示了我们后来精神生活的走向。

年长以后，书对我们很难再有这般震撼效果了。无论多么出色的书，我们和它都保持着一个距离。或者是我们的理性已经足够成熟，或者是我们的情感已经足够迟钝，总之我们已经过了精神初恋的年龄。

9

世人不计其数，知己者数人而已，书籍汪洋大海，投机者数本而已。

我们既然不为只结识总人口中一小部分而遗憾，那么也就不必为只读过全部书籍中一小部分而遗憾了。

10

好读书和好色有一个相似之处，就是不求甚解。

11

学者是一种以读书为职业的人，为了保住这个职业，他们偶尔也写书。

作家是一种以写书为职业的人，为了保住这个职业，他们偶尔也读书。

读好书

1

费尔巴哈说：人就是他所吃的东西。至少就精神食物而言，这句话是对的。从一个人的读物大致可以判断他的精神品级。一个在阅读和沉思中与古今哲人文豪倾心交谈的人，与一个只读明星逸闻和凶杀故事的人，他们当然有着完全不同的内心世界。我甚至要说，他们也是生活在完全不同的外部世界里，因为世界本无定相，它对于不同的人呈现不同的面貌。

2

严格地说，好读书和读好书是一回事，在读什么书上没有品位的人是谈不上好读书的。所谓品位，就是能够通过阅读而过一种心智生活，使你对世界和人生的思索始终处在活泼的状态。世上真正的好书，都应该能够发生这样的作用，而不只是向你提供信息或者消遣。

3

有人问一位登山运动员为何要攀登珠穆朗玛峰，得到的回答是："因为它在那里。"别的山峰不存在吗？在他眼里，它们的确不存在，他只看见那座最高的山。爱书者也应该有这样的信念：非最好的书不读。让我们去读最好的书吧，因为它在那里。

攀登大自然的高峰，我们才能俯视大千，一览众山小。阅读好书的效果与此相似，伟大的灵魂引领我们登上精神的高峰，超越凡俗生活，领略人生天地的辽阔。

4

优秀的书籍组成了一个伟大宝库，它就在那里，属于一切人而又不属于任何人。你必须走进去，自己去占有适合你的那一份宝藏，而阅读就是占有的唯一方式。对于没有养成阅读习惯的人来说，它等于不存在。人们孜孜于享用人类的物质财富，却自动放弃了享用人类精神财富的权利，竟不知道自己蒙受了多么大的损失。

5

人文经典是一座圣殿，它就在我们身边，一切时代的思想者正在那里聚会，我们只要走进去，就能聆听到他们的嘉言隽语。就最深层的精神生活而言，时代的区别并不重要，无论是两千年前的先贤，还是近百年来的今贤，都同样古老，也都同样年轻。

6

在我看来，真正重要的倒不在于你读了多少名著，古今中外的名著是否读全了，而在于要有一个信念，便是非最好的书不读。有了这个信念，即使你读了许多并非最好的书，你仍然会逐渐找到那些真正属于你的最好的书，并且成为它们的知音。事实上，对于每个具有独特个性和追求的人来说，他的必读书的书单决非照抄别人的，而是在他自己阅读的过程中形成的，这个书单本身也体现出了他的个性。

7

我要庆幸世上毕竟有真正的好书，它们真实地记录了那些优秀灵魂的内在生活。不，不只是记录，当我读它们的时候，我鲜明地感觉到，作者在写它们的同时就是在过一种真正的灵魂生活。这些书多半是沉默的，可是我知道它们存在着，等着我去把它们一本本打开，无论打开哪一本，都必定会是一次新的难忘的经历。读了这些书，我仿佛结识了一个个不同的朝圣者，他们走在各自的朝圣路上。

8

智力活跃的青年并不天然地拥有心智生活，他的活跃的智力需要得到鼓励，而正是通过读那些使他品尝到了智力快乐和心灵愉悦的好书，他被引导进入了作为一个整体的人类心智生活之中。

9

读那些永恒的书，做一个纯粹的人。

10

有的人生活在时间中，与古今哲人贤士相晤谈。有的人生活在空间中，与周围邻人俗士相往还。

11

历史上常常有这样的情形：一本好书在评论界遭冷落或贬斥，却被许多无名读者热爱和珍藏。这种无声的评论在悠长的岁月中发挥着作用，归根结底决定了书籍的生命。

12

不同的书有不同的含金量。世上许多书只有很低的含金量，甚至完全是废矿，可怜那些没有鉴别力的读者辛苦地去开凿，结果一无所获。

含金量高的书，第一言之有物，传达了独特的思想或感受；第二文字凝练，赋予了这些思想或感受以最简洁的形式。这样的书自有一种深入人心的力量，使人过目难忘。

13

我的体会是，读原著绝对比读相关的研究著作有趣，在后者中，一种思想的原创力量和鲜活生命往往被消解了，只剩下了一副骨架，躯体某些局部的解剖标本，以及对于这些标本的博学而冗长的说明。

14

　　大师绝对比追随者可爱无比也更加平易近人，直接读原著是通往智慧的捷径。这就像在现实生活中，真正的伟人总是比那些包围着他们的秘书和仆役更容易接近，困难恰恰在于怎样冲破这些小人物的阻碍。可是，在阅读中不存在这样的阻碍，经典名著就在那里，任何人想要翻开都不会遭到拒绝，那些爱读二三手解读类、辅导类读物的人其实是自甘于和小人物周旋。

15

　　书太多了，我决定清理掉一些。有一些书，不读一下就扔似乎可惜，我决定在扔以前粗读一遍。我想，这样也许就对得起它们了。可是，属于这个范围的书也非常多，结果必然是把时间都耗在这些较差的书上，而总也不能开始读较好的书了。于是，对得起它们的代价是我始终对不起自己。

　　所以，正确的做法是，在所有的书中，从最好的书开始读起。一直去读那些最好的书，最后当然就没有时间去读较差的书了，不过这就对了。

　　在一切事情上都应该如此。世上可做可不做的事是做不完的，永远要去做那些最值得做的事。

16

许多书只是外表像书罢了。不过，你不必愤慨，倘若你想到这一点：许多人也只是外表像人罢了。

17

当前图书的出版量极大，有好书，但也生产出了大量垃圾，包括畅销的垃圾。对于有判断力的读者来说，这不成为问题，他们自己能鉴别优劣。受害者是那些文化素质较低的人群，把他们的阅读引导到和维持在了一个低水平上，而正是他们本来最需要通过阅读来提高其素质。

18

针对当今图书市场的现状，我要强调，一定不要追随媒体的宣传只读一些畅销书和时尚书，倘若那样，你绝对成不了一个真正的读者，而只是文化市场上的消费大众罢了。

怎么读

1

　　好的书籍是朋友，但也仅仅是朋友。与好友会晤是快事，但必须自己有话可说，才能真正快乐。一个愚钝的人，再智慧的朋友对他也是毫无用处的，他坐在一群才华横溢的朋友中间，不过是一具木偶，一个讽刺，一种折磨。每人都是一个神，然后才有奥林匹斯神界的欢聚。

2

　　一个人是有可能被过多的文化伤害的。蒙田把这种情形称作"文殇"，即被文字之斧劈伤。

　　我的一位酷爱诗歌、熟记许多名篇的朋友叹道："有了歌德，有了波德莱尔，我们还写什么诗！"我与他争论：尽管有歌德，尽管有波德莱尔，却只有一个我，这个我是歌德和波德莱尔所不能代替的，所以我还是要写。

　　开卷有益，但也可能无益，甚至有害，就看它是激发还是压抑了自己的创造力。

3

　　我衡量一本书对于我的价值的标准是：读了它之后，我自己是否也遏止不住地想写点什么，哪怕我想写的东西表面上与它似乎全然无关。它给予我的是一种氛围，一种心境，使我仿佛置身于一种合宜的气候里，心中潜藏的种子因此发芽破土了。

4

　　有的书会唤醒我的血缘本能，使我辨认出我的家族渊源。书籍世界里是存在亲族谱系的，同谱系中的佼佼者既让我引以为豪，也刺激起了我的竞争欲望，使我也想为家族争光。

5

我在生活、感受、思考，把自己意识到的一些东西记录了下来。更多的东西尚未被我意识到，它们已经存在，仍处在沉睡和混沌之中。读书的时候，因为共鸣，因为抗争，甚至因为走神，沉睡的被唤醒了，混沌的变清晰了。对于我来说，读书的最大乐趣之一是自我发现，知道自己原来还有这么一些好东西。

6

我们读一本书，读到精彩处，往往情不自禁地要喊出声来：这是我的思想，这正是我想说的，被他偷去了！有时候真是难以分清，哪是作者的本意，哪是自己的混入和添加。沉睡的感受唤醒了，失落的记忆找回了，朦胧的思绪清晰了。其余一切，只是死的"知识"，也就是说，只是外在于灵魂有机生长过程的无机物。

7

自我是一个凝聚点。不应该把自我溶解在大师们的作品中，而应该把大师们的作品吸收到自我中来。对于自我来说，一切都只是养料。

8

有两种人不可读太多的书：天才和白痴。天才读太多的书，就会占去创造的工夫，甚至窒息创造的活力，这是无可弥补的损失。白痴读书愈多愈糊涂，愈发不可救药。

天才和白痴都不需要太多的知识，尽管原因不同。倒是对于处在两极之间的普通人，知识较为有用，可以弥补天赋的不足，可以发展实际的才能。所谓"貂不足，狗尾续"，而貂已足和没有貂者是用不着续狗尾的。

9

前人的思想对于我不过是食物。让化学家们去精确地分析这些食物的化学成分吧，至于我，我只是凭着我的趣味去选择食物，品尝美味，吸收营养。我胃口很好，消化得很好，活得快乐而健康，这就够了，哪里有耐心去编制每一种食物的营养成分表！

10

怎么读大师的书？我提倡的方法是：不求甚解，为我所用。

不求甚解，就是用读闲书的心情读，不被暂时不懂的地方卡住，领会其大意即可。这是一个受熏陶的过程，在此过程中，你用来理解大师的资源——即人文修养——再积累，总有一天会发现，你读大师的书真的像读闲书一样轻松愉快了。

为我所用，就是不死抠所谓原义，只把大师的书当作自我生长的养料，你觉得自己在精神上有所感悟和提高就可以了。你的收获不是采摘某一个大师的果实，而是结出你自己的果实。

11

读大师的书，走自己的路。

12

读书的心情是因时因地而异的。有一些书，最适合于在羁旅中、在无所事事中、在远离亲人的孤寂中翻开。这时候，你会觉得，虽然有形世界的亲人不在你的身旁，但你因此而得以和无形世界的亲人相逢了。在灵魂与灵魂之间必定也有一种亲缘关系，这种亲缘关系超越于种族和文化的差异，超越于生死，当你和同类灵魂相遇时，你的精神本能会立刻把它认出。

13

书籍少的时候，我们往往从一本书中读到许多东西。我们读到了书中有的东西，还读出了更多的书中没有的东西。

如今书籍愈来愈多，我们从书中读到的东西却愈来愈少。我们对书中有的东西尚且挂一漏万，更无暇读出书中没有的东西了。

14

读书犹如采金。有的人是沙里淘金，读破万卷，小康而已。有的人是点石成金，随手翻翻，便成巨富。

- 03 -

青春不能错过
的十件事

青春不能错过的十件事

如果一个年轻的女性来问我，青春不能错过什么，要我举出十件必须做的事，我大约会这样列举：

一、至少恋爱一次，最多两次。一次也没有，未免辜负了青春。但真爱不易，超过两次，就有赝品之嫌。

二、交若干好朋友，可以是闺中密友，也可以是异性知音。

三、学会烹调，能烧几样好菜。重要的不是手艺本身，而是从中体会日常生活的情趣。

四、每年小旅行一次，隔几年大旅行一次，增长见识，拓宽胸怀。

五、锻炼身体，最好有一种自己喜欢、能够持之以恒的体育项目。

六、争取接受良好的教育。精通一门专业知识或技能，掌握足以维持生存的看家本领。尽量按照自己的兴趣选择职业。如果做不到，就以敬业精神对待本职工作，同时在业余发展自己的兴趣。

七、养成高品位的读书爱好，读一批好书，找到属于自己的书中知己。

八、喜欢至少一种艺术，音乐、舞蹈、绘画都行，可以自己创作和参与，也可以只是欣赏。

九、养成写日记的习惯。它可以帮助你学会享受孤独，在孤独中与自己谈心。

十、经历一次较大的挫折而不被打败。只要不被打败，你就会变得比过去强大许多倍。不经历这么一回，你不会知道自己其实多么有力量。

开完这个单子，我再来说一说我的指导思想。

我的指导思想很简单，第一条是快乐。青春是人生中生命力最旺盛的时期，快乐是天经地义的。我最讨厌那种说教，什么"少壮不努力，老大徒伤悲"，什么"吃得苦中苦，方为人上人"，仿佛青春的全部价值就在于为将来的成功而苦苦奋斗。 在所有的人生模式中，为了未来而牺牲现在是最坏的一种，它把幸福永远向后推延，实际上是取消了幸福。

人只有一个青春，要享受青春，也只能是在青春时期。 有一些享受，过了青春期诚然还可以有，但滋味是不一样的。 譬如说，人到中老年仍然可以恋爱，但终归减少了新鲜感和激情。 同样是旅行，以青春期的好奇、敏感和精力充沛，也能取得中老年不易有的收获。

依我看，"少壮不享乐，老大徒悲伤"至少也是成立的。 作为一个人，在年轻时只知吃苦，拒绝享受，到年老力衰时即使成了人上人，却丧失了享受的能力，那又有什么意思呢。 尤其是女性，我衷心地希望她们有一个快乐的青春，否则这个世界也不会快乐。

但是，快乐不应该是单一的、短暂的、完全依赖外部条件的，而应该是丰富的、持久的，能够靠自己创造的，否则结果仅是不快乐。 所以，我的第二条指导思想是可持续的快乐。 这是套用可持续发展一语，用在这里正合适。

青春终究会消逝，如果只是及时行乐，毫不为今后考虑，倒真会"老大徒伤悲"了。为了今后考虑，一方面是实际的考虑，比如要有真本事，要有健康的身体等等。另一方面，更重要的是，要使快乐本身具有生长的能力，能够生成新的更多的快乐。我所列举的多数事情都属于此类，它们实际上是一些精神性质的快乐。

青春是心智最活泼的时期，也是心智趋于定型的时期。在这个时期，一个人倘若能够通过读书、思考、艺术、写作等等充分领略心灵的快乐，形成一个丰富的内心世界，他就拥有了一个永不枯竭的快乐源泉。这个源泉将泽被整个人生，他即使在艰难困苦之中，仍拥有人类最高级的快乐。在我看来，这是一个人可能在青春期获得的最重大成就了。

做一个
有灵魂的人

最近,《中国教育报》对中学生的课外阅读做调查,结果显示,哲学类书籍在其中占据了相当比重。同时,也发现不少人对哲学有误解。该报记者汇集了一些问题,希望我有针对性地与中学生谈一谈哲学的学习。这正是我乐意做的事情,因为我相信,中学生里一定有许多哲学的潜在知音,对他们说话决不会白费口舌。

一、哲学是什么?教科书上说是关于世界观的学问。这个定义好像太笼统。调查中发现,很多学生以为哲学就是马克思主义或政治课本,觉得枯燥,但他们却喜欢读哲理散文,例如您的文章。您如何看待这种现象?

哲学一词的本义是爱智慧,通俗地说,就是不愿糊里糊涂地活着，要活得明白。苏格拉底有一句名言："未经审查的人生没有价值"，就是这个意思。而要活得明白，就必须用自己的头脑去想世界和人生的根本问题。在此意义上，可以说哲学就是世界观和人生观。我不太赞同哲学是学问的提法，因为说学问就容易凝固化。严格地说，哲学不是一门学问，而是一种思考的状态。请注意"观"这个字，世界观就是"观"世界，人生观就是"观"人生，第一，要用自己的眼睛去"观"；第二，所"观"的应是世界和人生的全局。我们平时往往沉湎在身边的琐事之中，但有时也会从中跳出来，想一想世界究竟是什么、人生究竟有什么意义这样的问题，这时候就是在进行哲学思考了。哲学是"观"全局的活动，其最重要的特征，一是独立思考，二是思考根本问题。

马克思是一位大哲学家，马克思主义是一种在现代具有重要影响的哲学，这是现代许多哲学家都承认的。但是，马克思主义哲学是在西方哲学传统中产生的，脱离这个传统，就不可能正确理解。在我们的教科书中，它被孤立起来了，它的丰富内涵又被简单化为一些教条，这当然会使学生对哲学产生误解和厌倦。我本人认为，中学哲学教学的改革势在必行。

二、如今书店里最多的哲理读物是励志类书籍，您认为它们会给中学生带来何种影响？

的确，现在书店里充斥着所谓励志类书籍，其内容无非是教人如何在名利场上拼搏、出人头地、发财致富，如何精明地处理人际关系、讨老板欢心、在社会上吃得开，诸如此类。依我看，这类东西基本上是垃圾，与哲学完全不沾边。偏是这类东西似乎十分畅销，每次在书店看到它们堆放在最醒目的位置上，满眼是"经营自我""致富圣经""人生策略""能说会道才能赢"之类庸俗不堪的书名，我就为我们的民族感到悲哀，何以竟堕落到了这等地步。使我惊讶的是，对于这种东西，稍有灵性的人都会产生本能的厌恶，怎么还有人而且许多人把它们买回去读？事实上，它们大多是书商找写手胡乱编造出来的，目的是骗钱，写手自己绝非成功之人，读它们的人怎么就能成功？可见这个时代已经急功近利到了盲目的程度。这种书会不会对中学生带来不良影响？当然会。不过，我相信，就本性而言，青少年蓬勃向上的心灵是不会喜欢这种散发着腐朽气息的东西的，没有一个孩子愿意自己变得世故。如果他们中有人也读这种书，我敢断言，多半是庸俗的家长硬塞给他的。我希望广大中学生远离这种书，以读这种书为耻，因为这意味着年轻纯洁的心过早变老变平庸了。

这里我想顺便谈一谈为什么要学哲学。人是应该有进取心的，问题是朝什么方向进取。哲学让人纵观世界和人生的全局，实际上就为人的进取方向提供了一个坐标。一个人活在世上只是追求世俗的成功，名啊利啊什么的，他的成功只是表面的，仍然是在混日子而已，区别只在混得好不好。真正的成功是做人的成功，即做一个有灵魂的人，一个精神上优秀的大写的人。这样的人即使在世俗的意义上不很成功，他的人生仍是充满意义的。可是，事实上，人类历史上一切伟大的成功者恰恰出于这样的人之中。不管在哪一个领域，包括创造财富的领域，做成大事业的决非只有一些小伎俩的精明之人，而必是对世界和人生有广阔思考和独特领悟的拥有大智慧的人。

三、您曾说您最乐意与孩子谈哲学，您的《哲学：对世界的认识》《精神的故乡》二书也是为孩子写的。您能不能谈一谈，一个人在什么年龄学哲学最合适？中学生应该怎样学哲学？您能否推荐一些适

合于中学生的哲学读物？

　　一个人在任何年龄都可以学哲学。在不同的年龄，学习的方式和感受是不同的。黑格尔说过，对于同一句格言，少年人和老年人会有很不同的理解。不过，就哲学是爱智慧而言，我觉得中学和大学低年级是开始学哲学的最佳年龄。有一本书的书名叫《孩子都是哲学家》，我很赞同这个说法。爱智慧开始于好奇心，而孩子的好奇心是最强烈的，面对一个全新的世界和人生，他们什么都要问，其中许多是真正哲学性质的。只是在小学时，年龄太小，好奇心虽然强烈，理性思维的能力毕竟还弱，应该鼓励孩子的自发兴趣，但不宜于正式学习。到了中学阶段，可以开始正式学习了。所谓正式学习，也不是一本正经地读教科书。你看在古希腊时代，苏格拉底整天在街头与人聊天，最喜欢听他聊天的正是一些高中生、大学生年龄的人，他也最喜欢与这样年龄的人聊，认为他们的心灵是最适宜播下哲学种子的肥土。就在这样的聊天中，这些青少年学到了哲学，其中好几位成了大哲学家，比如柏拉图。

　　可是，今天的中学生到哪里去找这样一个苏格拉底啊，主要还得靠自己阅读。一开始当然只能读一些比较通俗的入门书，在选择这类读物的时候，我想强调两条标准，第一要有趣，第二起点要高。既有趣起点又高，谈何容易，其实好的通俗哲学书是非常难写的，必出于大家之手。这方面有两本书值得推荐，一是罗素的《西方的智慧》，另一是杜兰特的《哲学的故事》。到了高中和大学阶段，如果你想深入学哲学，我建议你读一本比较可靠的哲学史，比如梯利的《西方哲学史》，然后，选择其中谈到的你感兴趣的哲学家，去看他们的原著。我这里说的是学习西方哲学，学习中国古代哲学的道理与此相同。根据我的经验，要真正领悟哲学是什么，最好的办法就是读大哲学家的原著，看他们在想什么问题和怎样想这些问题。你一旦读进去，就再也不想去碰那些粗浅的启蒙读物了。

神圣的好奇心

天生万物，人只是其中一物，使人区别于万物的是理性。动物唯求生存，而理性不只是生存的工具，它要求得比生存更多。当理性面对未知时，会产生探究的冲动，要把未知变成知，这就是好奇心。好奇心是理性觉醒和活跃的征兆。在好奇心的推动下，人类仰观天象，俯察地理，思考宇宙，探索万物，于是有了哲学和科学。动物匍匐在尘土之中，好奇心把人类从尘土中超拔出来，成为万物之灵。

也许，正是在这个意义上，爱因斯坦把好奇心称为"神圣的好奇心"。

好奇心是人的最重要的智力禀赋之一。做父母的都会发现，孩子在幼儿期皆有强烈的好奇心，对事物充满探问的兴趣。我设想，倘若人人能把幼儿期的好奇心保持到成年，世界上会有多少聪明的大脑啊。

然而，这几乎是不可能的。如同爱因斯坦所说，"神圣的好奇心"是一株脆弱的嫩苗，它是很容易夭折的。不说别人，就说这位大物理学家本人，他竟也有过好奇心险遭夭折的经历。他自己回忆，他17岁进入苏黎世工业大学，为了应付考试，不得不把许多废物塞进自己的脑袋，其结果是在考试后的整整一年里，他对任何科学问题的思考都失去了兴趣。鉴于这个经历，他如此感叹道："现代的教学方法竟然还没有把研究问题的神圣好奇心完全扼杀掉，真可以说是一个奇迹。"

请不要用我们今天应试教育的严酷状况去推测爱因斯坦当年的处境，事实上，他不过是一年之中考试了两次而已，而且他告诉我们，他多数时间是自由的，仅在考试前借来了同学的课堂笔记，死记硬背以应付考试。尽管如此，他的智力兴趣仍然因此受到了严重伤害。

爱因斯坦得出结论说：好奇心这株嫩苗，除了需要鼓励外，主要需要自由，强制必然会损害探索的兴趣。

大约无须再把今天中国学生——从小学生一直到研究生——所受的强制与爱因斯坦当年所受的那一点儿强

制做比较了吧。学校教育当然是不能完全排除强制性考试的，区别在于它在整个教育体制中所处的地位和所占的比重。如果强制性考试成为教学主要的乃至唯一的目的、方法、标准，便是典型的应试教育，而这正是我们今天的现实。

一般来说，好奇心会随着年龄增长而递减，这几乎是一个规律，即使在最好的教育制度下恐怕也是这样。那些能够永葆好奇心的人不啻是幸存者，而人类的伟大文化创造多半出自他们之手。唯因如此，教育必须十分小心地保护好奇心，为它提供良好的生长环境。我相信，像爱因斯坦这样的天才，其强大的智力禀赋足以战胜任何不良的外部环境，但普通人就没有这么幸运了，一种坏的教育制度的杀伤力几乎是摧毁性的。尤其在基础教育阶段，好奇心这棵嫩苗正处在生长的关键期，一旦受到摧残，后果很可能是不可逆的。

在教育上，好奇心体现为学习的兴趣。所谓兴趣，其主要成分就是智力活动的快乐，包括好奇心获得满足的快乐。一个人做事是出于兴趣，还是出于强制，效果大不一样。出于兴趣做事，心情愉快，头脑处于积极主动的状态，往往事半功倍。出于强制做事，心情沮丧，头脑处于消极被动的状态，往往事倍功半。做一般的事尚且如此，学习就更是如此了。因为学习是纯粹的智力活动，如果学生在学习中不能感受到智力活动本身的快乐，学习就会是百分之百的痛苦。遗憾的是，这正是今天多数学生的状况。

情况本来不该是这样的。人有智力禀赋，这种禀赋需要得到生长和运用，原是人性的天然倾向。学生之所以视学习为莫大的痛苦，原因恰恰在于，应试教育不但不是激活、反而是压抑智力活动的，本质上是反智育的。

兴趣应该是智育的第一要素，如果不能激发学生对知识的兴趣，就谈不上素质教育。强调兴趣在教育中的意义，绝不意味着对学生放任自流，相反，这是一个很高的要求，为此教师必须自己是充满求知兴趣的人，并且善于对学生的兴趣差异予以同情的观察，发现隐藏在其后的能力，真正因材施教。教材也必须改革，提高其智力活动的含量，使之真正能够激发学生探索和思考的兴趣。比如说，哲学教材就不能只是一些教条，而应该能真正启迪学生爱智慧。相比之下，靠重复灌输和强迫记忆标准答案奏效的应试教育真是太偷懒也太省力了，当然，同时也无比辛苦，因为这是一种低水平的简单繁重劳动，教师自己从中也品尝不到丝毫智力乐趣，辛苦成了百分之百的折磨。

诉说

青春和成长也会有种种烦恼。

要学会跟自己诉说，

和自己谈心，久而久之，

你就渐渐养成了过内心生活的习惯。

当你用笔这样做的时候，

你就已经是在写作了，

并且这是和你的精神生活

合一的最真实的写作。

生命教育八题

1. 珍爱生命

生命是我们最珍爱的东西，它是我们所拥有的一切的前提，失去了它，我们就失去了一切。生命又是我们最易忽略的东西，我们对于自己拥有它实在太习以为常了，而一切习惯了的东西都容易被我们忘记。因此，人们在道理上都知道生命的宝贵，实际上却常常做一些损害生命的事情：抽烟，酗酒，纵欲，不讲卫生，超负荷工作等等。因此，人们为虚名浮利而忙碌，却舍不得花时间来让生命本身感到愉快，来做一些实现生命本身的价值的事情。

往往是当我们的生命真正受到威胁的时候，我们才幡然醒悟，生命的不可替代的价值才凸现在我们的眼前。但是，有时候醒悟已经为时太晚，损失已经不可挽回。

我们应该时时想到，每一个人对于自己的生命，第一有爱护它的责任，第二有享受它的权利。这两方面是统一的。在我看来，世上有两种人对自己的生命最不知爱护也不善享受，其一是工作狂，其二是纵欲者，他们其实是在以不同的方式透支和榨取生命。

2. 生命是最基本的价值

生命是最基本的价值。一个最简单的事实是，每个人只有一条命。在无限的时空中，再也不会有同样的机会，所有因素都恰好组合在一起，来产生这个特定的个体了。一旦失去了生命，没有人能够活第二次。同时，生命又是人生其他一切价值的前提，没有了生命，其他一切都无从谈起。

由此得出的一个当然的结论是，对于每一个人来说，生命是最珍贵的。因此，对于自己的生命，我们当知珍惜；对于他人的生命，我们当知关爱。

上述道理似乎是不言而喻的。可是，仔细想一想，我们真的珍惜自己的生命和关爱他人的生命了吗？有些人一辈子只把自己当作了赚钱或赚取其他利益的机器，何尝把自己当作生命来珍惜。有些人更是只用利害关系的眼光估量一切他人的价值，何尝有过一个生命对其他一切生命的深切关爱的体验。

所以，在我看来，生命的价值仍是一个需要启蒙的话题。

3. 感受生命的奇迹

生命是宇宙间的奇迹，它的来源神秘莫测。按照自然科学的假说，它是地球上物质化学反应的产物，或者是外星的来客。按照基督教的信仰，它是上帝的创造。在生命起源的问题上，我们只有假说和信仰。情况恐怕只能如此，宇宙间自有人类理性不可解开的秘密。

不过，在我看来，生命究竟是自然的产物，还是上帝的创造，这并不重要。重要的是用你的心去感受这奇迹。于是，你便会懂得欣赏大自然中的生命现象，用它们的千姿百态丰富你的心胸。于是，你便会善待一切生命，从每一个素不相识的人，到一头羚羊、一只昆虫、一棵树，从心底里产生万物同源的亲近感。于是，你便会怀有一种敬畏之心，敬畏生命，也敬畏创造生命的造物主，不管人们把它称作神还是大自然。

4. 倾听生命自身的声音

生命原是人的最珍贵的价值。可是，在当今时代，其他种种次要的价值取代生命成了人生的主要目标乃至唯一目标，人们耗尽毕生精力追逐金钱、权力、名声、地位等等，从来不问一下这些东西是否使生命获得了真正的满足，生命真正的需要是什么。

生命原是一个内容丰富的组合体，包含着多种多样的需要、能力、冲动，其中每一种都有独立的存在和价值，都应该得到实现和满足。可是，现实的情形是，多少人的内在潜能没有得到开发，他们的生命早早地就纳入了一条狭窄而固定的轨道，并且以同样的方式把自己的子女也培养成片面的人。

我们不可避免地生活在一个功利的世界上，人人必须为生存而奋斗，这一点决定了生命本身的要求在一定程度上遭到忽视的必然性。然而，我们可以也应当减小这个程度，为生命争取尽可能大的空间。

在市声尘嚣之中，生命的声音已经久被遮蔽，无人理会。现在，让我们都安静下来，每个人都向自己身体和心灵的内部倾听，听一听自己的生命在说什么，想一想自己的生命究竟需要什么。

5. 不失性命之情

在中国传统哲学中，最重视生命价值的学派应是道家。《淮南王书》把这方面的思想概括为"全性保真，不以物累形"，庄子也一再强调要"不失其性命之情""任其性命之情"，相反的情形则是"丧己于物。失性于俗者，谓之倒置之民"。

很显然，在庄子看来，物欲与生命是相敌对的，被物欲控制住的人是与生命的本性背道而驰的，因而是颠倒的人。

自然赋予人的一切生命欲望皆无罪，禁欲主义最没有道理。我们既然拥有了生命，当然有权享受它。但是，生命欲望和物欲是两回事。一方面，生命本身对于物质资料的需要是有限的，物欲决非生命本身之需，而是社会刺激起来的。另一方面，生命享受的疆域无比宽广，相比之下，物欲的满足就太狭窄了。因此，那些只把生命用来追求物质的人，实际上既怠慢了自己生命的真正需要，也剥夺了自己生命享受的广阔疆域。

6. 生命质量的两个基本要素

衡量一个人生命质量的高低，可以有许多标准。在一切标准之中，我始终不放过两个最重要的标准，一是看他有无健康的生命本能，二是看他有无崇高的精神追求。在我看来，这是生命质量的两个基本要素。没有健康的生命本能，萎靡不振，表明生命质量低下。没有崇高的精神追求，随波逐流，也表明生命质量低下。

我所说的健康的生命本能，不是医学意义上的健康或不生病，而是指一种内在的活力，生命力的旺盛和坚韧，对生命的热爱。这种品质与身体好坏没有直接关系，在一些多病甚至残疾的人身上也可见到。相反，有些体格强壮的人，内在的生命力却可能十分乏弱。

这两个要素其实是密切关联、互相依存的，生命本能若无精神的目标是盲目的，精神追求若无本能的发动是空洞的。它们的关系犹如土壤和阳光，一株植物唯有既扎根于肥沃的土壤，又沐浴着充足的阳光，才能茁壮地成长。

7. 生命观与人生意义

最近有一所学校开展生命教育，让我题词，我写了三句话：热爱生命是幸福之源，同情生命是道德之本，敬畏生命是信仰之端。

这三句话，表达了我对生命观与人生意义之关系的看法。人生的意义，在世俗层次上即幸福，在社会层次上即道德，在超越层次上即信仰，皆取决于对生命的态度。

幸福是对生命的享受，对生命种种美好经历的体验，当然要以热爱生命为前提。哀莫大于心死，一个人内在生命力枯竭，就不会再有什么事情能使他感到幸福了。

孟子说："恻隐之心，仁之端也。"亚当·斯密说：同情是道德的根源，由之产生两种基本美德，即正义和仁慈。可见中西大哲皆认为，道德是建立在生命与生命的互相同情之基础上的。同样，道德之沦丧，起于同情心之死灭。

基督教相信生命来自神，佛教不杀生。其实，不必信某一宗教，面对生命的奇迹，敬畏之心油然而生是最自然而然的事情。泰戈尔说："我的主，你的世纪，一个接着一个，来完成一朵小小的野花。"这已经就是信仰了。相反，对生命毫无敬畏之心的人，必与信仰无缘。

8. 开展生命教育的迫切性

当今社会上，许多人对生命抱冷漠的态度，苛待和残害生命的现象相当严重。举其显著者，例如：医院认钱不认人，见死不救，恶性医疗事故屡有发生，医疗腐败之所以最遭痛恨，正是因为直接威胁了广大人群生命的权利；矿难频繁，贪官和不法矿主互相勾结，为牟取暴利而置工人的生命于不顾；假药、伪劣食品横行，非法美容业猖獗，不断造成损害性后果；某些执法者、准执法者乃至非执法者滥用私刑，草菅人命；交通肇事者扔下受害人逃逸，甚至故意拖、轧受害人致死；翻开报纸，几乎每天都有凶杀案的报道，其中一些作案缘由之微小与一条命的价值惊人地不相称。

尤其令人担忧的是，冷漠的病菌也侵蚀了孩子们的心灵，校园暴力、青少年凶杀犯罪的案例明显增多。与此同时，孩子们对自己的生命也不知珍惜，中学生、大学生、研究生自杀成了多发现象。

当然，上述现象的原因是复杂的，不能单靠教育来解决。但是，也不能缺少教育。有必要把生命教育作为公民教育的重要内容，从孩子开始，培育生命尊严的意识，善待自己的生命，也善待一切生命。

和少年朋友
探讨人生的真理

1. 生命的真理

亲爱的少年朋友，我想和你们探讨关于生命的真理。

人来到世上，首先是一个生命，生命是每个人最宝贵的东西，这似乎是一个人人都懂的道理。可是，进入到实际的生活中，人们似乎不记得这个道理了。许多时候，人们不是作为生命在活，而是作为欲望、野心、身份、称谓在活，不是为了生命在活，而是为了财富、权力、地位、名声在活。这些社会的堆积物遮蔽了生命，人们把它们看得比生命更重要，为之耗费了一生的精力。

那么，请允许我说：生命的真理是——单纯。生命原本是单纯的，应该是单纯的。作为自然之子，生命的需要原是简单的，无非是与自然和谐相处，健康、安全，以及爱情、亲情等自然情感的满足。复杂，是对生命的真理的背离。人间的各种争斗，人生的诸多烦恼，都因这个背离而起。

生活在今天这个时代，我希望你们保持清醒，不被时代的风气绑架。你们要经常向自己的内部倾听，听一听自己的生命在说什么，想一想自己的生命真正需要什么。

当然，你们处在生命的早期，对人生满怀激情和幻想，渴望卓越和辉煌。你们尽可以去创造种种不平凡，但是请记住，一切不平凡都要回归平凡，平凡生活构成了生命的永恒核心。你们也尽可以去争取成功，但是请记住，倘若成功使你们的内心和生活都变得过于复杂，失去了生命的单纯，这个成功实际上是失败。

茫茫宇宙间，每个人都只有一次生命，都是一个独一无二、不可重复的存在。名声、财产、地位等等是身外之物，人人渴求而得之，但是没有人能够代替你再活一次。意识到了这一点，你就会明白，在如何活的问题上，你必须自己做主，盲从舆论和习俗是最大的不负责任。在人世间的一切责任中，最根本的责任是对你自己的人生负责，真正成为你自己，活出你独特的个性和价值来。

2. 灵魂的真理

天造万物，只把人造得有一个内在的精神世界，有理性、情感和道德。在这个意义上，人是万物之灵。我们要照料好自己的灵魂，让它配得上造化的厚爱。作为肉身的人，人并无高低贵贱之分。唯有作为灵魂的人，由于内心世界的巨大差异，人才分出了高贵和平庸，乃至高贵和卑鄙。

那么，请允许我说：灵魂的真理是——高贵。我们也许不能探知灵魂的神圣来源，但是，由自己心中的道德律和羞耻心，由内心对真善美的向往和对假恶丑的厌弃，我们都可体会到灵魂是人的尊严之所在，是人身上的神性。平庸和卑鄙，是对灵魂的真理的背离。平庸是灵魂没有醒来，卑鄙是灵魂已经死去，二者都辱没了人身上的神性。

少年人爱做梦，这正是你们的优点。对于不同的人，世界呈现不同的面貌。一个有梦的人和一个没有梦的人，事实上生活在不同的世界里。急功近利的社会正在制造出许多平庸的人，你们不要被这个环境同化。坚持做有梦的人，梦能成真，即使不能，也可丰富你们的心灵。

人生中有顺境也有逆境，有幸福也有苦难。哲学的智慧能帮助你站在高处，俯视自己的身外遭遇，顺境不骄，逆境不悲。创造幸福和承受苦难是同一种能力，在这种能力中有高贵在言说。

我们的社会重视德育，但德育必须抓住道德的根本。道德在人性中有基础：人作为生命要有同情心，自爱也关爱他人；作为灵魂要有尊严，自尊也尊重他人。假大空的说教与道德无干，只是用来骗己骗人的纸花，你们的道德要诚实地扎根于人性，结出善良、高贵的品质之果实。

信仰是内心的光，照亮了一个人的人生之路。信仰的形式可以不同，实质都是把灵魂看得比肉身更重要。人生在世，必须有一个精神目标，愿你们按照自己的方式找到这个目标。如果没有找到，也不必灰心，因为坚持寻找本身即已证明了目标的存在。

艺术和哲学，道德和信仰，其实是在用不同的语言、从不同的角度说同一句话，就是：你要有一个高贵的灵魂。

3. 情爱的真理

茫茫宇宙间，人人都是孤儿，偶然地来到世上，又必然地离去。正是因为这种根本性的孤独，才有了爱的渴望，爱的理由，爱的价值。人是离不开同类的，而在同类之中，你和谁结成了亲密的关系，则源于相遇。亲情，一个生命投胎到一个人家，把一对男女认作父母，这是相遇。爱情，一对男女原本素不相识，忽然生死相依，成了一家人，这是相遇。友情，两个独立灵魂之间的共鸣和相知，这是相遇。相遇是一种缘，多么偶然，又多么珍贵。

那么，请允许我说：情爱的真理是——感恩。 为相遇而感恩，爱就在你的心中。 为爱而感恩，幸福就在你的心中。 你不可计较爱的多少和得失，爱是不可量化的，只要是真诚的，就不存在多少和得失的问题。 计较，是对情爱的真理的背离。

爱是心的能力，一个人必须有健康的心，才能爱。 心的健康，第一是善良，有同情心，冷漠的心没有爱生长的温度；第二是宽广，有包容心，狭窄的心没有爱生长的空间。 爱者的首要功夫是修心。 你不可只在你所爱的某个具体对象身上下表面的工夫，那样的爱格调太低，气象太小，源泉会枯竭。 你要使自己既具备爱的能力，也具备被爱的价值，而如果你所爱的人也如此，你们之间就会有高品质的爱。 说到底，使一种交往具有价值的不是交往本身，而是交往者各自的价值。

4. 成长的真理

处在少年时期，一个人的身体和心灵都在发生着急剧的变化，这是成长的兴旺期和关键期。 你们的身心内部会萌动一百种欲望，它们使你们兴奋又感到无助。 你们向外求助，周围的成人世界会发表一百种主张，它们使你们困惑而无所适从。成人世界相信自己负有教育你们的责任，父母耳提面命，学校施教垂训，你们也许顺从，也许质疑，但皆消除不了对人生走向的迷惘之感。

那么，请允许我说：成长的真理是——自我教育。是的，你们现阶段的主要任务是学习和接受教育，唯因如此，我要让你们现在就记住这个真理：一切学习本质上都是自学，一切教育本质上都是自我教育。且不说今天的教育体制有诸多弊端，不论体制之优劣，你们都不可只是被动地接受教育。教育是心智成长的过程，你们要自己做这个过程的主人，这便是自我教育的含义。放弃做这个主人，任凭成长受外界的因素支配，是对成长的真理的背离。

每个人与生俱来就有潜在的心智能力，教育是这个能力的生长。如果一个教育体制是好的，好就好在为生长提供了自由而又富有激励因素的环境。人是要一辈子学习的，学校教育只是为一辈子的学习打基础，这个基础就是一种快乐而自主地学习的能力，质言之，就是自我教育的能力。有没有这个能力大不一样，那些走出校门后大有作为的人，未必是上学时各门功课皆优的"好

学生"，但一定是能够按照自己的兴趣安排自己的学习的
"自我教育者"。

　　自我教育的目标不只是获取知识，事业有成，也是
熏陶心灵，人性丰满。因此，不管你的志趣偏向文理哪
一科，都要养成两个习惯，一是阅读，二是写日记。阅
读是与历史上的伟大灵魂交谈，借此把人类创造的精神

财富"占为己有"。写日记是与自己的灵魂交谈，借此把外在的经历转变成内在的财富。人生有两个朋友不可缺，一个是你自己，一个是活在好书里的那些伟大灵魂，有了这两个朋友，你会发现你是多么强大而富有。

守护童年，
回归单纯

那个用头脑思考的人是智者，那个用心灵思考的人是诗人，那个用行动思考的人是圣徒。倘若一个人同时用头脑、心灵、行动思考，他很可能是一位先知。在我的心目中，圣·埃克苏佩里就是这样一位先知式的作家。

世上只有极少数作品，既高贵又朴素，既深刻又平易近人，从内容到形式都几近于完美，却不落丝毫斧凿痕迹，宛若一块浑然天成的美玉。这样的作品仿佛是人类精神园林里偶然绽放的奇葩，可是一旦产生，便超越时代和民族，从此成为全人类的传世珍宝。在我的心目中，《小王子》就是这样一部奇书，一部永恒之作。

每次读《小王子》，我都被浸透全书的忧郁之情所震撼。圣·埃克苏佩里是忧郁的，这忧郁源自他在成人世界中感到的异乎寻常的孤独。正是在无可慰藉的孤独中，他孕育出了小王子这个无比纯真美好的形象。小王子必须到来，也当真降落在了地球沙漠，否则圣·埃克苏佩里何以忍受人间沙漠的孤独呢？

我相信，最好的童话作家一定是在俗世里极孤独的人，他们之所以给孩子们讲故事，绝不是为了消遣和劝谕，而是要寻求在成人世界中不能得到的理解和共鸣。也正因为此，他们的童话同时又是写给与他们性情相通的大人看的，用圣·埃克苏佩里的话说，是献给还记得自己曾是孩子的大人的。安徒生同样如此，自言写童话也是为了让大人们想想。是的，凡童话佳作都是值得成年人想想的，它们如同镜子一样照出了我们身上业已习以为常的庸俗，从而回想起湮没已久的童心。

大人们往往自以为是正经人，在做着正经事。他们所认为的正经事，在作者笔下都显出了滑稽的原形。到达地球前，小王子先后访问了六颗星球，分别见到一些可笑的大人，发现大人们全在无事空忙，为权力、虚荣、怪癖、占有、职守、学问之类表面的东西活着。小王子

青春期

一个人在青春期读些什么书可不是件小事，书籍、友谊、自然环境三者构成了心灵发育的特殊氛围，其影响毕生不可磨灭。

得出结论：人们不知道自己到底要什么。

可是孩子们知道。书中一个扳道工嘲笑说，大人们从不满意自己所在的地方，总是到处旅行，然而在列车里只会睡觉或打哈欠，"只有孩子们才会把脸贴在车窗上压扁了鼻子往外看"，结论是："孩子是有福的。"

孩子们充满好奇心，他们眼中的世界美丽而有趣。我在所有的孩子身上都观察到，孩子最不能忍受的不是生活的清苦（大人们才不能忍受呢），而是生活的单调、刻板、无趣。几乎每个孩子都热衷于在生活中寻找、发现、制造有趣，并报以欢笑。相反，大人们眼中只有功利，生活得极其无聊，包括作为时尚互相模仿的无聊的休闲和度假。

小王子说："只有孩子们知道自己在找寻什么。他们花时间在一个破布娃娃身上，于是这个布娃娃就变得很重要，如果有人夺走，他们就会哭。"是的，孩子并不问布娃娃值多少钱，它当然不值钱啦，可是，他们天天抱着它，和它说话，便对它有了感情，它就比一切值钱的东西更有价值了。一个人在衡量任何事物时，看重的是它们在自己生活中的意义，而不是在市场上能卖多少钱，这样一种生活态度就是真性情。许多大人之可悲，就在于失去了儿时曾经拥有的真性情。

住在自己的星球上时，小王子与一株玫瑰为伴，天天照料她。到地球后，在一片盛开的玫瑰园里，他看见五千株玫瑰，不禁怀念起自己的那株玫瑰来。他的那株玫瑰与眼前这些玫瑰长得一模一样，但他却觉得她是独一无二的。这是为什么呢？那只请他驯服自己的狐狸告诉他："正是你花在玫瑰上的时间让你的玫瑰变得如此重要。对于你使之驯服的东西，你是负有责任的。"

为一个布娃娃花了时间，那个布娃娃就变得重要了。为一株玫瑰花了时间，那株玫瑰就变得重要了。作者在这里谈的已经不只是孩子，更是他的人生哲学，孩子给了他灵感，阅历和思考使这灵感上升为哲学。驯服、责任、爱，是圣·埃克苏佩里哲学中的关键词。因驯服而产生责任，因责任而产生爱，这才是正确的关系，从而使生活变得有意义。

由驯服、责任、爱所产生的意义，是人生中本质的东西，而"本质的东西，眼睛是看不见的"。但是，正是这看不见的东西使世界显得美丽。"沙漠之所以美丽，

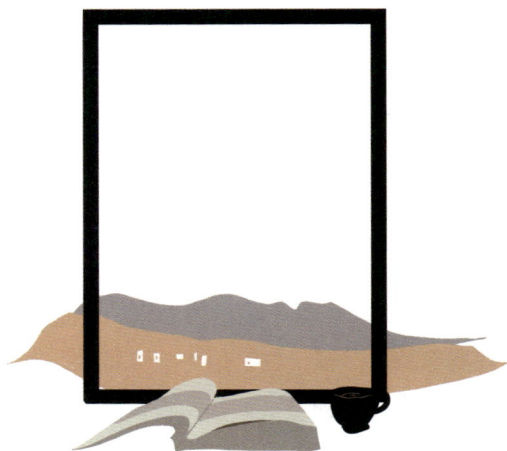

是因为在某个地方藏着一口井。"唯有心灵的眼睛才能看见世界的美，那些心灵眼睛关闭的人，只看见孤立的事物及其功用，看不见人与事物的精神关联，看不见意义，因而也看不见美，他们眼中的世界贫乏而丑陋。我相信，当我们在人生沙漠上跋涉时，童年就是藏在某个地方的一口井。始终携带着童年走人生之路的人是有福的，由于心中藏着永不枯竭的爱的源泉，最荒凉的沙漠也化作了美丽的风景。

中外许多哲人都强调孩子对于成人的启示，童年对于人生的价值。中国道家摒弃功利，崇尚自然，老子眼中的理想人格是"复归于婴儿"。儒家推崇道德上的纯粹，孟子有言："大人先生者不失赤子之心。"《圣经·新约》中，耶稣如是说："你们如果不回转，变成小孩的样子，就一定不得进天国。"帕斯卡尔说："智慧把我们带回到童年。"泰戈尔说："在人生中童年最伟大。"民族和时代迥异，着重点也不尽相同，共同的是把孩子视为人生的榜样，主张守护童年，回归单纯。

与成人相比，孩子诚然缺乏知识。然而，他们富于好奇心、感受性和想象力，这些正是最宝贵的智力品质，因此能够不受习见的支配，用全新的眼光看世界。与成人相比，孩子诚然缺乏阅历。然而，他们诚实、坦荡、率性，这些正是最宝贵的心灵品质，因此能够不受功利的支配，只凭真兴趣做事情。如果一个成人仍葆有这些品质，我们就说他有童心。凡葆有童心的人，往往也善于欣赏儿童，二者其实是一回事。

在生理的意义上，人当然不可能停留在童年，也不可能重新变回孩子。但是，在精神的层面上，我们可以也应该把童年最宝贵的财富带到成年，葆有童心，使之生长为牢不可破的人生智慧。童年是人生智慧生长的源头，而所谓人生智慧无非就是拥有一颗成熟了的童心，因为成熟而不会轻易失去罢了。

然而，这是一个很高的要求，世人的所谓成熟恰恰是丧失童心的同义语，记得自己曾是孩子的大人何其少，圣·埃克苏佩里因此感到孤独。我本人的经验告诉我，人生中有一个机会，可以帮助我们最大限度地回到孩子的世界，这就是为人父母的时候。我无比珍惜这样的机会，先后写了两本书记录我的体会，便是为因病夭折的第一个女儿写的《妞妞——一个父亲的札记》（1995）和为健康成长的第二个女儿写的《宝贝，宝贝》（2009）。作为哲学学者，我的工作是翻译和研究尼采的著作，但我始终认为，我更重要的使命是表达我亲历的人生体悟，写出我的生命之作。和圣·埃克苏佩里一样，我也无限热爱尼采，哲学和孩子是孤独中最好的救星。

　　爱默生说："婴儿期是永生的救主，为了诱使堕落的人类重返天国，它不断地重新来到人类的怀抱。"的确，在亲自迎来一个小生命的时候，人离天国最近。这时候，生命以纯粹的形态呈现，尚无社会的堆积物，那样招我们喜爱，同时也引我们反省。现代人的典型状态是，一方面，上不接天，没有信仰，离神很远；另一方面，下不接地，本能衰退，离自然也很远，仿佛悬在半空中，在争夺世俗利益中度过复杂而虚假的一生。那么，从上下两方面看，小生命的到来都是一种拯救，引领我们回归简单和真实。我们因此体会到，人世间真实的幸福原是极简单的，只因人们轻慢和拒绝神的礼物，偏要到别处去寻找幸福，结果生活越来越复杂，也越来越不幸。我们还体会到，政治、文化、财富、浪漫，一切的不平凡最后都要回归平凡，也都要按照对人类平凡生活的功过来确定其价值。

- 04 -

一个人
成熟的标志

逆境也是生活

1

人在世上生活，难免会遭遇挫折、失败、灾祸、苦难，这时候，基本的智慧是确立这样一种态度，就是把一切非自己所能改变的遭遇，不论多么悲惨，都当作命运接受下来，在此前提下走出一条最积极的路来。不要去想从前的好日子，那已经不属于你，你现在的使命是在新的规定下把日子过好。这就好比命运之手搅了你的棋局，而你必须仍然把残局走下去，那就好好走吧，把它走出新的条理来。为什么我说是基本的智慧呢？因为你别无选择，陷在负面遭遇中不能自拔是愚蠢的，而人在这种时候是往往容易愚蠢的。

2

人活世上，难免遭遇痛苦。大至亲人亡故，爱侣别离，小至钱财损失，朋友反目。这类事一旦发生不可更改，就应该用通达的态度去面对。简单地说就是，把它接过来，然后放下。第一要接过来，在心理上承认和接受事实。坏事已经发生，你拼命抗拒，只是和自己过不去，事情本身不会有丝毫改变。第二，接过来之后要尽快放下，不要把它存在心里。你总存在心里，为它纠结和痛苦，仍然是和自己过不去，实际上是加大坏事对你的损害。让坏事只存在你身外，不让它侵害到你的内心，这是最好的办法。当然，我们只能尽量这么做，做到什么程度是什么程度。

3

我们都会说命运无常，可是一旦厄运降临，往往会陷在假如厄运没有降临的思路中，把命运的突变感受为生活的毁灭，丧失掉继续前行的勇气。厄运好比上帝给凡人出的一道试题，测试其灵魂的品质。人生没有假如，已经发生的厄运，只有面对它，接受它，从而在命运的新的规定下走出一条新的路来。

4

人生有顺境也有逆境。我们往往只把顺境看作生活，认为逆境不是生活，而是不得不忍受的例外，盼望它快快过去，生活可以重新开始。怀着这样的心态，人在逆境中就必定是焦虑不安，度日如年，苦难望不到头。应该调整心态，在逆境中要这样想：这就是我现在的生活，甚至是我永远的生活，我怎么能把它过得有意义呢? 事实上，如果你的心态平静而又积极，逆境的确也是一种生活。

5

苦难检验人的灵魂的坚强和软弱，软弱的灵魂在寻常的苦难中一蹶不振。成功检验人的灵魂的高贵和卑劣，卑劣的灵魂在表面的成功中暴露无遗。

一个人
成熟的标志

1

世上有一些东西，是你自己支配不了的，比如运气和机会，舆论和毁誉，那就不去管它们，顺其自然吧。

世上有一些东西，是你自己可以支配的，比如兴趣和志向，处世和做人，那就在这些方面好好地努力，至于努力的结果是什么，也顺其自然吧。

2

我们不妨去追求最好——最好的生活，最好的职业，最好的婚姻，最好的友谊等等。但是，能否得到最好，取决于许多因素，不是光靠努力就能成功的。因此，如果我们尽了力，结果得到的不是最好，而是次好，次次好，我们也应该坦然地接受。人生原本就是有缺憾的，在人生中需要妥协。不肯妥协，和自己过不去，其实是一种痴愚，是对人生的无知。

3

人在年轻时会给自己规定许多目标，安排许多任务，入世是基本的倾向。中年以后，就应该多少有一点出世的心态了。所谓出世，并非纯然消极，而是与世间的事务和功利拉开一个距离，活得洒脱一些。

一个人的实力未必表现为在名利山上攀登，真有实力的人还能支配自己的人生走向，适时地退出竞赛，省下时间来做自己喜欢做的事，享受生命的乐趣。

4

要有平常心。人到中年以后，也许在社会上取得了一点儿虚名浮利，这时候就应该牢记一无所有的从前。事实上，谁来到这个世界的时候不是一条普通的生命？有平常心的人，看己看人都能除去名利的伪饰。

5

在青年时期，人有虚荣心和野心是很正常的。成熟的标志是自我认识，认清了自己的天赋方向，于是外在的虚荣心和野心被内在的目标取代。

6

在这个世界上，一个人重感情就难免会软弱，求完美就难免有遗憾。也许，宽容自己这一点软弱，我们就能坚持；接受人生这一点遗憾，我们就能平静。

7

我已经厌倦那种永远深刻的灵魂，它是狭窄的无底洞，里面没有光亮，没有新鲜的空气，也没有玩笑和游戏。

博大的深刻不避肤浅。走出深刻，这也是一种智慧。

论感恩

1. 善良和感恩

如果你是一个善良的人，你得到了别人的善意对待和帮助，心中会产生一种自然的情感，这种情感就叫感恩。

当然，前提是你是一个善良的人。善良，就是有同情心。你必须有同情心，才会有感恩心。你对别人怀有善意，乐于帮助，才会懂得别人对你的善意，感激别人对你的帮助。其实，感恩心和同情心是同一颗心，感恩和同情是善良的两面。

冷漠者不知感恩为何物。一个不肯向别人伸出援助之手的人，倘若别人向他伸出援助之手，他的本能反应是猜疑，而不是感恩。如果他尚能被感化，因此知恩向善，则证明他善根尚存。能否知恩是检验善根是否尚存的试金石。所以，佛经里说：知恩者不坏善根，不知恩者善根断灭。

2. 为生命感恩

我们得到珍贵的礼物，心中会对那赠予者怀有感激之情。然而，在我们得到的一切礼物中，还有什么比生命更珍贵的礼物呢？

所以，我们感恩父母，因为凭借他们，我们才得到了这一世的生命。中国传统伦理强调孝，提倡尊亲，其合理内核就是感恩生命的来源。

然而，单凭父母的血肉之躯，我们是不能得到生命的。生命传承，世代相续，那最初的源头在哪里，那神秘的主宰是什么？各民族的神话和宗教都告诉我们，生命有神圣的来源，它被称作天地、神、上帝、造物主。对于生命的这个神圣来源的感恩，就叫作信仰。

在一切感恩中，为生命感恩是最根本的感恩。在这种大感恩的照耀下，生命的总色调是明亮的，使我们能够超越具体的得失恩怨，在任何遭遇中保持感恩之心。

3. 为爱感恩

如果说生命是最珍贵的礼物，那么，在生命的经历中，爱是最珍贵的礼物。

爱情、亲情、友情，是生命中的无价之宝，你要珍惜。珍惜生命中的爱，常怀为爱感恩之心，幸福就在你的心中。

你得到了爱，你要感恩。你给出的爱被接受了，你也要感恩。在爱中，给出本身就是得到，接受本身就是回赠。

爱是不可量化的，只要是真诚的，就不存在多少的问题。曾经相爱就是恩，你不可为爱的离去而怨恨。如果你确实看清了那不是爱，而是欺骗，也不要怨，而应该蔑视。

4. 包容和感恩

生命中必然有逆境、灾祸、苦难，如果你真正感恩生命，就会包容这些负面的遭遇。在某种意义上，它们也是生命给你的礼物，是促使你体悟人生的宝贵机遇。

如同在道德的层面上，感恩心与同情心不可分割，在智慧的层面上，感恩心与包容心也不可分割。一个没有包容心的人，他的心是狭窄的，并且长满了怨和嗔的杂草，感恩心就没有了生长的空间。

我们感恩，是用心感恩。一个人必须有健康的心，才能感恩。心第一要善，有同情心，第二要宽，有包容心，兼具此二者，就是健康的心。

5. 报恩

感恩是知行的统一，既要知恩，也要报恩。报恩不是只报恩主，倘若那样，实质上仍是交易。知生命之大恩的人，用一生的行为来报这个大恩。

人是有性灵的生命，生而为人，是造化的大恩。为报这个大恩，就要活出你的性灵，拥有自由的头脑、丰富的心灵、高贵的灵魂，无愧为人。做人委琐，自甘平庸乃至堕落，是最大的忘恩负义。

如果你在人世获得了成功，不论是凭借能力还是运气，说到底都是上天所赐。所以，你要把这个成功看作一种责任，用它来造福众生，回报社会。

道路与家

人生是一条路，每一个人从生下来就开始走在这条路上了。在年幼时，我们并不意识到这一点。当我们意识到了的时候，便不得不想一个问题：这条路通向哪里？人生之路的目标是什么？

最明显的事实是：这条路通向死，因为人生只是一个从生到死的过程罢了。可是，死怎么能成为目标呢？为了使它成为目标，它必须不是死，而是一种更高的生。于是，死便被设想成由短暂的生进入永生，由易朽的肉体进入不朽，由尘世进入天国，由不完满进入至善，由苦难进入极乐等等。经过这样的解释，人生之路就有了一个宗教的和道德的目标，一个纯粹精神性质的目标。

可是，道路为什么一定是一条直线呢？只是因为我们把路想成直线，才必须给它安一个终点，一个最后的目标。花园里曲径交错，路的终点在哪里？那么，我们何不把人生看作一个大花园呢？这是一座很大的花园，把它逛完刚好要用一生的时间，我们从生到死都在里面，每走一步都看见新的风景，到处都是可供我们休憩的地方。如果要说目标，那么，可以说处处都是目标，但不存在最后的目标。

换一个不那么诗意然而更贴切的比喻，不妨说，人生就是我们的家。我们在人生之中，犹如在我们自己的家里。既然是在家里，我们就做着种种必须做的或者有兴趣做的事情，而并不事事都问为什么。事实上，在多数时候，我们的确把人生当作家，安排每一个日子如同安排自己的家务，而不去想这个家有朝一日会不存在。

可是，这个家确实有朝一日会不存在，而我们有时候不免要想到这一点。这时候，我们又会意识到自己是走在一条有终点的路上。所以，对于我们来说，人生永远既是道路，又是家。我现在的想法是，这两方面的意识都是必要的，缺一不可。只是道路，就活得太累。只是家，就活得太盲目。我们必须把人生当作家，让自己的心灵得到休息。我们也必须知道人生是道路，让自己的心灵有超越的追求。

　　我倾向于认为，一个人的悟性是天生的，有就是有，没有就是没有，它可以被唤醒，但无法从外面灌输进去。关于这一点，我的一位朋友有一种十分巧妙的说法，大意是：在生命的轮回中，每一个人仿佛在前世修到了一定的年级，因此不同的人投胎到这个世界上来的时候已经站在不同的起点上了。已经达到大学程度的人，你无法让他安于读小学，就像只具备小学程度的人，你无法让他胜任上大学一样。

　　人是有种的不同的。当然，种也有运气的问题，是这个种，未必能够成这个材。有一些人，如果获得了适当的机遇，完全可能成就为异常之材，成为大文豪、大政治家、大军事家、大企业家等等，但事实上是默默无闻地度过了一生。譬如说，我们没有理由不设想，在古往今来无数没有机会受教育的人之中，会有一些极好的读书种子遭到了扼杀。另一方面呢，如果不是这个种，那么，不论运气多么好，仍然不能成这个材。对于这一层道理，只要看一看现在的许多职业读书人，难道还不明白吗？

打一个不确切的比喻：商品的价值取决于必要劳动时间，价格则随市场行情浮动。与此同理，上帝造人——说人的自我塑造也一样——也是倾注了不等的时间和心血的，而价值的实现则受机遇支配。所以，世有被埋没的英雄，也有发迹的小丑。

但是，被埋没的英雄终究是英雄，发迹的小丑也终究是小丑。

上帝赋予每个人的能力的总量也许是一个常数，一个人在某一方面过了头，必在另一方面有欠缺。因此，一个通常意义上的弱智儿往往是某个非常方面的天才。也因此，并不存在完全的弱智儿，就像并不存在完全的超常儿一样。

自我教育

依我之见，可以没有好老师，不可没有自由时间。说到底，一切教育都是自我教育，一切学习都是自学。就精神能力的生长而言，更是如此。

　　世界是大海，每个人是一只容量基本确定的碗，他的幸福便是碗里所盛的海水。我看见许多可怜的小碗在海里拼命翻腾，为的是舀到更多的水，而那为数不多的大碗则很少动作，看去几乎是静止的。

　　人很难估量自己天赋的大小，因为当你的潜能尚未实现时，你自己是不知道的。那么，管它是大是小，干脆不要去估量。你可以做到的是逐渐认清自己天赋的类型，朝那个方向努力，把它用好，让它开花结果。只要你这样做，就能最大限度地实现你的潜能。遗憾的是，人们往往受环境和风尚的支配，在错误的方向上折腾，结果就把自己天赋总量中的一大部分荒废掉了。

表达你心中的爱和善意

《圣诞节清单》是一本令人感到温暖的书，在一个人性迷失的时代，它试图重新唤起我们对人性的信心。它提醒每一个人：你心中不但要有爱和善意，而且要及时地、公开地表达你心中的爱和善意。这个道理似乎简单，却常常被我们忽视。

我们活在世上，人人都有对爱和善意的需要。今天你出门，不必有奇遇，只要一路遇到的是友好的微笑，你就会觉得这一天十分美好。如果你知道世上有许多人喜欢你，肯定你，善待你，你就会觉得人生十分美好，这个世界十分美好。即使你是一个内心很独立的人，情形仍是如此，没有人独立到了不需要来自同类的爱和善意的地步。

那么，我们就应该经常想到，我们的亲人、朋友、同学、同事，他们都有这同样的需要。这赋予了我们一种责任：对于我们周围的人来说，这个世界是否美好，在很大程度上取决于我们是否爱他们、善待他们。我们每一个人都有责任给世界增添爱和善意，如同本书的主人公所说，借此"把世界变成一个更好的、值得留恋的地方"。

应该相信，世上绝大多数人是善良的，而在每一个善良的人心中，爱和善意原是最自然的情感。可是，在许多时候，我们宁愿把这种情感埋在心里，不向相关的人表达出来。有时候我们是顾不上表达，忙于做自己的事，似乎缺乏表达的机会。有时候我们是羞于表达，碍于一种反向的面子，似乎怕对方不在乎自己的表达甚至会感到唐突。我们中国人在这方面尤其有心理障碍，其根源也许可追溯到讲究老幼尊卑的传统文化，从小生活在连最亲的亲人——父母与子女——之间也缺乏情感语言交流的环境中，使得我们始终不习惯用语言表达情感。

当然，最重要的事情是爱和善意本身，而不是表达。当然，表达有种种方式，不限于语言。然而，不可低估语言的作用。有一个人，也许他正在苦闷中，甚至患了忧郁症，认为自己已被世上一切人抛弃，你的一次充满爱心的谈话就能救他，但你没有救他，他终于自杀了。其实，这样的事经常在发生。当亲友中的某个人去世时，我们往往会后悔，有些一直想对他说的话再也没有机会说了。事实上，每一个人都在不可避免地走向死亡，我们随时面临着太迟的可能性。一切真诚的爱和善意，在本质上都是给予，并不求回报，因此没有什么可羞于启齿的。那是你心中的财富，你本应该及时把它呈献出来，让那个与它相关的人共享。

今天的时代有种种弊病，包括人们过于看重功利，由此导致人情冷漠。我不主张对少年人隐瞒社会的实情，让他们把一切都想象得非常美好，这会使他们失去免疫力，或者陷入幻灭的痛苦。但是，我更反对那种一味引导他们适应社会消极面的实用主义教育。在一定意义上，少年人今天的精神面貌决定了社会明天的面貌。我愿意向少年人推荐本书，是期望他们成为珍惜精神价值的一代，珍惜爱和善意的价值的一代，期望他们每一个人从小就树立本书主人公所表达的信念："如果说学习如何给予爱、获得爱不是这个世界上重要的事，那么我就不知道什么是重要的了。"

幸福和苦难都属于灵魂

幸福似乎主要是一种内心快乐的状态。不过，它不是一般的快乐，而是非常强烈和深刻的快乐，以至于我们此时此刻会由衷地觉得活着是多么有意思，人生是多么美好。正是这样，幸福的体验最直接地包含着我们对生命意义的肯定评价。感到幸福，也就是感到自己的生命意义得到了实现。不管拥有这种体验的时间多么短暂，这种体验却总是指向整个一生的，所包含的是对生命意义的总体评价。当人感受到幸福时，心中仿佛响着一个声音："为了这个时刻，我这一生值了！"若没有这种感觉，说"幸福"就是滥用了大字眼。人身上必有一种整体的东西，是它在寻求、面对、体悟、评价整体的生命意义，我们只能把这种东西叫作灵魂。所以，幸福不是零碎和表面的情绪，而是灵魂的愉悦。

"幸福"这个概念的确切含义："活得有意义"的鲜明感觉。它必须通过反思，所以会有"身在福中不知福"之说。幸福只是灵魂的事，肉体只会有快感，不会有幸福感。

既然一切美好的经历必须转化为内心的体验才成其为幸福，那么，内心体验的敏感和丰富与否就的确是重要的，它决定了一个人感受幸福的能力。对于内心世界不同的人来说，相同的经历具有完全不同的意义——事实上他们也并不拥有相同的经历。

苦难与幸福是相反的东西，但它们有一个共同之处，就是都直接和灵魂有关，并且都牵涉到对生命意义的评价。在通常情况下，我们的灵魂是沉睡着的，一旦我们感到幸福或遭到苦难时，它便醒来了。如果说幸福是灵魂的巨大愉悦，这愉悦源自对生命的美好意义的强烈感受，那么，苦难之为苦难，正在于它撼动了生命的根基，打击了人对生命意义的信心，因而使灵魂陷入了巨大痛苦。生命意义仅是灵魂的对象，对它无论是肯定还是怀疑、否定，只要是真切的，就必定是灵魂在出场。外部的事件再悲惨，如果它没有震撼灵魂，也只成为一个精神事件，就称不上是苦难。一种东西能够把灵魂震醒，使之处于虽然痛苦却富有生机的紧张状态，应当说必具有某种精神价值。

快感和痛感是肉体感觉，快乐和痛苦是心理现象，而幸福和苦难则仅仅属于灵魂。幸福是灵魂的叹息和歌唱，苦难是灵魂的呻吟和抗议，在两者中凸现的是对生命意义的或正或负的强烈体验。

幸福是生命意义得到实现的鲜明感觉。一个人在苦难中也可以感觉到生命意义的实现乃至最高的实现，因此苦难与幸福未必是互相排斥的。但是，在更多的情况下，人们在苦难中感觉到的却是生命意义的受挫。我相信，即使是这样，只要没有被苦难彻底击败，苦难仍会深化一个人对于生命意义的认识。

领悟悲剧也须有深刻的心灵，人生的艰难关头最能检验一个人的灵魂深浅。有的人一生连遭不幸，却未尝体验过真正的悲剧情感。相反，表面上一帆风顺的人也可能经历巨大的内心悲剧。

- 05 -

在世界眼中，
孩子一眨眼就老了

今天怎样做父母

1

　　现在做父母的似乎都有一个雄心，要亲手安排好孩子的整个未来，从入学、升学到工作、出国，从买房、买车到结婚、生子，皆未雨绸缪，为之预筹资金，乃至亲自上阵拼搏，觉得这样才是尽了责任。我想提醒你们的是：孩子的未来岂是你们决定得了的？他的未来，一半掌握在上帝手里，即他的外在遭遇；另一半掌握在他自己手里，即他应对外在遭遇的心态和能力。对于前一半，你们完全无能为力，只能为他祈祷。对于后一半，你们倒是可以起很大作用的，就是给他以正确的教育，使他在心智上真正优秀，从而既能自己去争取幸福，又能承受人生必有的苦难。倘若你们不在这方面下工夫，结果培养出了一个心智上的弱者，则我可断定，有朝一日你们必定会发现，你们现在为他的苦心经营全都是白费力气。

2

从一个人教育孩子的方式，最能看出这个人自己的人生态度。那种逼迫孩子参加各种竞争的家长，自己在生活中往往也急功近利。相反，一个淡泊于名利的人，必定也愿意孩子顺应天性愉快地成长。

我由此获得了一个依据，去分析貌似违背这个规律的现象。譬如说，我基本可以断定，一个自己无为却逼迫孩子大有作为的人，他的无为其实是无能和不得志；一个自己拼命奋斗却让孩子自由生长的人，他的拼命多少是出于无奈。这两种人都想在孩子身上实现自己的未遂愿望，但愿望的性质恰好相反。

3

做人和教人在根本上是一致的。我在人生中最看重的东西，也就是我在教育上最想让孩子得到的东西。进一个名牌学校，谋一个赚钱职业，这种东西怎么有资格成为人生的目标，所以也不能成为教育的目标。我的期望比这高得多，就是愿孩子成为一个善良、丰富、高贵的人。

4

我肯定不是什么教子专家，只不过是一个爱孩子的父亲而已。既然爱，就要做到两点，一是让孩子现在快乐，二是让孩子未来幸福。在今天，做到这两点的关键是抵御现行教育体制的弊端，给孩子提供一个得以尽可能健康生长的小环境。

5

做父母的很少有不爱孩子的，但是，怎样才是真爱孩子，却大可商榷。现在的普遍方式是，物质上无微不至，功课上步步紧逼，精神上麻木不仁。在我看来，这样做不但不是爱孩子，而且是在害孩子。

真爱孩子的人，一定会努力让孩子有一个幸福的童年，以此为孩子一生的幸福奠定基础。具体怎么做，我说一说我的经验供参考。要点有三。其一，舍得花时间和孩子游戏、闲谈、共度欢乐时光，让孩子经常享受到活生生的亲情。其二，尽力抵制应试教育体制的危害，保护孩子天性和智力的健康生长。其三，注意培育孩子的人生智慧和独立精神，不是给孩子准备好一个现成的未来，而是使孩子将来既能自己去争取幸福，又能承受人生必有的苦难。

6

对于孩子的未来，我从不做具体的规划，只做抽象的定向，就是要让他成为一个身心健康、心智优秀的人。给孩子规定或者哪怕只是暗示将来具体的职业路径，是一种僭越和误导。我只关心一件事，就是让孩子有一个幸福的童年，能够快乐、健康、自由地生长。只要做到了这一点，他将来做什么，到时候他自己会做出最好的决定，比我们现在能做的好一百倍。

7

今日的家长们似乎都深谋远虑，在孩子很小时就为他将来有一个好职业而奋斗了，为此拼命让孩子进重点学校和上各种课外班。从孩子这方面来说，便是从幼儿园开始就投入了可怕的竞争，从小学到大学一路走过去，为了拿到那张最后的文凭，不知要经受多少作业和考试的折磨。有道是：不能让我们的孩子输在起跑线上。可是，在我看来，这种教育方式恰好一开始就是输局了。身心不能自由健康地发展，只学得一些技能，将来怎么会有大出息呢？

一个人从童年、少年到青年，原是人生最美好也最重要的阶段，有其自身不可取代的价值，现在这个价值被完全抹杀了，其全部价值被归结为只是为将来谋职做准备。多么宝贵的童年和青春，竟为了如此渺小的一个目标做了牺牲。

8

现行教育的尺度极其狭隘，无非是应试、升学、就业，其恶果是把孩子们培养成片面的人、功利的人，既不优秀，也不幸福，丧失了人生最重要的价值。

9

今天的普遍情形是，成人世界把自己渺小的功利目标强加给孩子，驱赶他们到功利战场上拼搏。我担心，在他们未来的人生中，在若干年后的社会上，童年价值被野蛮剥夺的恶果不知将会以怎样可怕的方式显现出来。

10

最令人担忧的是今天教育的久远后果，一代代新人经由这种教育走上了社会，他们的精神素质将决定未来中国数十年乃至上百年的精神水准和社会面貌。

11

有一些人执意要把孩子引上成人的轨道，在他们眼中，孩子什么都不懂，什么都不会，一切都要大人教，而大人在孩子身上则学不到任何东西。恕我直言，在我眼中，他们是世界上最愚蠢的大人。

12

我对孩子的期望——

第一个愿望：平安。如果想到包围着她的环境中充满不测，这个愿望几乎算得上奢侈了。

第二个愿望：身心健康地成长。

至于她将来做什么，有无成就，我不想操心也不必操心，一切顺其自然。

13

体制的改革非一日之功，我们不能坐等其完成。我们应看到，即使在现行体制下，老师和家长仍拥有相对的自由，可以为自己的学生和孩子创造一个尽可能好的小环境，把大环境对他们的危害缩小到最低程度。当然，这就要求老师和家长站得足够高，对于现行体制的弊端有清醒的认识，对于教育的理念有正确的理解。可以想象，这样的老师和家长多了，不但其学生和孩子受益，而且本身就能成为促进体制变革的重要力量。说到底，有什么样的人民，就有什么样的制度。

14

应试体制实际上把所有学生和家长逼入了一个赌局，一边是应试教育，另一边是素质教育，看你把赌注下在哪一边。现在的情况是，绝大多数人把赌注完全押在了应试教育上，竭尽全力成为赢家。在我看来，这样做的风险其实更大，如果赢了，不过是升学占了便宜而已，如果输了，就输得精光。相反，把赌注下在素质教育这一边，适当兼顾应试，即使最后在升学上遭遇一点挫折，素质上的收获却是无人能剥夺的，必将在整个人生中长久发生作用。所以，以素质的优秀为目标，把应试的成功当作副产品，是最合理的定位。

15

应试体制的弊端有目共睹，但积重难返，改革之路艰难而漫长。在这个过程中，个人不是无能为力的。把主要力气花在素质教育上，向应试教育争自由，能争到多少是多少，在应试体制面前保护孩子，能保护一个是一个，这不但是可行的，而且是一种责任。在一切战争中，保存和发展有生力量是一个基本原则，在素质教育与应试教育之战中也是如此。可以确信，抗争者的队伍壮大了，两种教育之间的力量对比就会发生变化，应试体制要不变也难了。现在它既然已经失人心，那么，让我们共同努力，让它也失天下吧。

16

在现行应试体制下，孩子身心承受着巨大的压力，家长不应该再加压，至少要在心理上给孩子减压。每次考试前，我都会对女儿说：考咋样就咋样，考砸了也没关系。有一次期末考试，她考了个年级总分第一，我批评她说：怎么搞的，考个二三十名就可以了，下不为例。她清楚我一向不看重考分，因此她的心态也从容而淡定。

好的家庭教育对于学校教育的作用有二，一是给素质教育加分，二是给应试教育减负。

17

在智力教育中，最不重要的是知识的灌输。当然可以教孩子识字和读书，不过，在我看来，这至多是手段，决不可当作教育的目标和标准，追求孩子识多少字和背多少古诗，甚至以此夸耀，那不但可笑，而且可悲。教授知识的方法是否正确，究竟有无价值，完全要看结果是激发了还是压抑了孩子的求知兴趣。活跃的理性能力是源头，源头通畅，就有活水长流，源头干涸，再多的知识也只是死水。

18

对于孩子的智力教育，我不是一个很用心思的家长，没有什么周密的计划。不过，我比较有心，会留意孩子的智力闪光，及时给予赞扬和肯定。事实上，幼儿理性觉醒的能量是非常大的，一定会有好奇、多问、爱琢磨等表现，所需要的只是加以鼓励，给他一个方向，使他知道这些都是好品质，从而满怀信心地继续发扬。相反，倘若对于自然生长的智力品质视而不见，却另外给他规定一套人为的标准，他在智力发展的路上就难免左右失据、事倍功半了。

19

让孩子真正喜欢上智力生活，乐在其中，欲罢不能，对学习充满兴趣，是智育的最大成功。在这方面，父母的榜样能产生显著的作用。

我深信，熏陶是不教之教，是最有效也最省力的教育，好的素质是熏陶出来的。

因此，做父母意味着人生向你提出了一个要求：必须提高你自己的素质。

20

音乐、绘画、体育这些才能，从一个方面来看，是特殊的天赋，只有少数人适合于以之为专业，从另一个方面来看，又是全面发展的人的基本素质，每一个人都可以以之为自己的爱好。把所谓特长的考核纳入应试教育体制，其结果一方面是使艺术教育、体育的性质发生了扭曲，把它们由人的天性自由发展的形式蜕变成了应试的工具，另一方面则在原已过于沉重的功课之外又给孩子们增添了新的负担。

21

幼儿都会表现出艺术上的某种兴趣和能力，比如绘画、音乐、舞蹈等，但这并不意味着人人长大了都要成为艺术家，都能成为艺术家。做艺术家必须有天赋，而单凭幼儿期的兴趣是不能断定有天赋的。幼儿期艺术活动的真正价值在于，它是心智发育的一个重要方面，能使幼儿的感受力、想象力、表现力、创造力得到良好生长。这本身就是重大收获，不管孩子将来从事什么职业，这个收获都会在他的工作和生活中体现出来。

所以，对于孩子在艺术方面表现出来的兴趣，我都给予热情的鼓励，至于将来的发展会如何，则完全不予考虑。我的原则是：兴趣为王，快乐生长。孩子喜欢就行，高兴就行，一切顺其自然。

在我看来，长期强迫孩子学习一门艺术，是完全违背艺术的本性的。这样做往往是出于强烈的功利目的，最后即使培养出了一个艺术上的能工巧匠，付出的惨痛代价却是不可治愈的心灵创伤和人性扭曲。

22

做父母做得怎样，最能表明一个人的人格、素质和教养。

被自己的孩子视为亲密的朋友，这是为人父母者所能获得的最大的成功。不过，为人父母者所能遭到的最大的失败却并非被自己的孩子视为对手和敌人，而是被视为上司或者奴仆。

23

做家长的最高境界是成为孩子的知心朋友。在这一点上，中国的家长相当可怜，一面是孩子的主子、上司，另一面是孩子的奴仆、下属，始终找不到和孩子平等相处的位置。

亲子之爱

1

凡真正美好的人生体验都是特殊的，若非亲身经历就不可能凭理解力或想象力加以猜度。为人父母便是其中之一。

2

我以前认为，人一旦做了父母就意味着老了，不再是孩子了。现在我才知道，人唯有自己做了父母，才能最大限度地回到孩子的世界。

3

为人父母提供了一个机会，使我们有可能更新对于世界的感觉。用你的孩子的目光看世界，你会发现一个全新的世界。

4

谈到亲情，人们往往不约而同地谈论起父母对子女的爱来，这并不奇怪。在一切人间之爱中，父爱和母爱也许是最特别的一种，它极其本能，却又近乎神圣。爱比克泰德说得好："孩子一旦生出来，要想不爱他已经为时过晚。"正是在这种似乎被迫的主动之中，我们如同得到神启一样领悟了爱的奉献和牺牲之本质。然而，随着孩子长大，本能便向经验转化，神圣也便向世俗转化。于是，教育、代沟、遗产等各种社会的问题产生了。

5

我们从小就开始学习爱，可是我们最擅长的始终是被爱。直到我们自己做了父母，我们才真正学会了爱。

在做父母之前，我们不是首先做过情人吗？

不错，但我敢说，一切深笃的爱情必定包含着父爱和母爱的成分。一个男人深爱一个女人，一个女人深爱一个男人，潜在的父性和母性就会发挥作用，不由自主地要把情人当作孩子一样疼爱和保护。

然而，情人之爱毕竟不是父爱和母爱。所以，一切情人又都太在乎被爱。

当我们做了父母，回首往事，我们便会觉得，以往爱情中最动人的东西仿佛是父爱和母爱的一种预演。与正剧相比，预演未免相形见绌。不过，成熟的男女一定会让彼此都分享到这新的收获。谁真正学会了爱，谁就不会只限于爱子女。

6

养育小生命或许是世界上最妙不可言的一种体验了。小的就是好的，小生命的一颦一笑都那么可爱，交流和成长的每一个新征兆都叫人那样惊喜不已。这种体验是不能从任何别的地方获得，也不能用任何别的体验来代替的。一个人无论见过多大世面，从事多大事业，在初当父母的日子里，都不能不感到自己面前突然打开了一个全新的世界，小生命丰富了大心胸。生命是一个奇迹，可是，倘若不是养育过小生命，对此怎能有真切的领悟呢？

感受幸福

既然一切美好的经历必须
转化为内心的体验才成其为幸福，
那么，内心体验的敏感
和丰富与否就的确是重要的，
它决定了一个人感受幸福的能力。

养育小生命是人生中的一段神圣时光。报酬就在眼前。至于日后孩子能否成材，是否孝顺，实在无须考虑。那些"望子成龙""养儿防老"的父母亵渎了神圣。

7

付出比获得更能激发爱。爱是一份伴随着付出的关切，我们确实最爱我们倾注了最多心血的对象。

父母对儿女的爱的确很像诗人对作品的爱：他们如同创作一样在儿女身上倾注心血，结果儿女如同作品一样体现了他们的存在价值。

但是，让我们记住，这只是一个譬喻，儿女不完全是我们的作品。即使是作品，一旦发表，也会获得独立于作者的生命，不是作者可以支配的。昧于此，就会可悲地把对儿女的爱变成惹儿女讨厌的专制了。

8

过去常听说，做父母的如何为子女受苦、奉献、牺牲，似乎恩重如山。自己做了父母，才知道这受苦同时就是享乐，这奉献同时就是收获，这牺牲同时就是满足。所以要说恩，那也是相互的。而且，愈有爱心的父母，愈会感到所得远远大于所予。

其实，任何做父母的，当他们陶醉于孩子的可爱时，都不会以恩主自居。一旦以恩主自居，就必定已经忘记了孩子曾经给予他们的巨大快乐，也就是说忘恩负义了。人们总谴责忘恩负义的子女，殊不知天下还有忘恩负义的父母呢。

9

对孩子的爱是一种自私的无私，一种不为公的舍己。这种骨肉之情若陷于盲目，真可以使你为孩子牺牲一切，包括你自己，包括天下。

10

从理论上说，亲子之爱和性爱都根植于人的生物性：亲子之爱为血缘本能，性爱为性欲。但血缘关系是一成不变的，性欲对象却是可以转移的。也许因为这个原因，亲子之爱要稳定和专一得多。在性爱中，喜新厌旧、见异思迁是寻常事。我们却很难想象一个人会因喜欢别人的孩子而厌弃自己的孩子。孩子愈幼小，亲子关系的生物学性质愈纯粹，就愈是如此。君不见，欲妻人妻者比比皆是，欲幼人幼者却寥寥无几。

当然，世上并非没有稳定专一的性爱，但那往往是非生物因素起作用的结果。性爱的生物学性质愈纯粹，也就是说，愈是由性欲自发起作用，则性爱越难专一。

有人说性关系是人类最自然的关系，怕未必。须知性关系是两个成年人之间的关系，因而不可能不把他们的社会性带入这种关系中。相反，当一个成年人面对自己的幼崽时，他便不能不回归自然的状态，因为一切社会性的附属物在这个幼小对象身上都成了不起作用的东西，只好搁置起来。随着孩子长大，亲子之间社会关系的比重就愈来愈增加了。

亲子之爱的优势在于：它是生物性的，却滤尽了肉欲；它是无私的，却与伦理无关；它非常实在，却不沾一丝功利的计算。

11

我说亲子之爱是无私的，这个论点肯定会遭到强有力的反驳。

可不是吗？自古以来酝酿过多少阴谋，爆发多少战争，其原因就是为了给自己的血亲之子争夺王位。

可不是吗？有了遗产继承人，多少人的敛财贪欲恶性膨胀，他们不但要此生此世不愁吃穿，而且要世世代代永享富贵。

这么说，亲子之爱反倒是天下最自私的一种爱了。

但是，我断然否认那个揪着正在和小伙伴玩耍的儿子的耳朵、把他强按在国王宝座上的母亲是爱他的儿子。我断然否认那个夺走女儿手中的破布娃娃、硬塞给她一枚金币的父亲是爱他的女儿。不，他们爱的是王位和金币，是自己，而不是那幼小纯洁的生命。

如果王位的继承迫在眉睫，刻不容缓，而这位母亲却挡住前来拥戴小王子即位的官宦们说："我的孩子玩得正高兴，别打扰他，随便让谁当国王好了。"如果一大笔买卖机不可失，时不再来，而这位父亲却对自己说："我必须帮我的女儿找到她心爱的破布娃娃，她正哭呢，那笔买卖可做可不做。"——那么，我这才承认我看到了一位真正懂得爱孩子的母亲或父亲。

我给啾啾买了一套西方童话名著，共十六册，她高兴极了，拿起这本，拿起那本，一再放声笑。当天晚上，她就让妈妈给她念书上的故事。此后，每天临睡前，妈妈都给她念。一天晚上，妈妈念了两个故事，困了，不肯念了，她批评："多看一点书，要学习。"

可是，有一回，妈妈正在给她讲书上的故事，她的小脑瓜里产生了一个疑问，指着书问道："这上面都是字，故事在哪里？"

还有一回，我在南极，红给我发传真，她看见了，问这是做什么。红告诉她："妈妈把一封信传给爸爸，信上写了好多宝贝好玩的事。"她也是诧异地问："在哪儿，在哪儿？哪儿好玩呀？这都是字。"

这是二岁的事。三岁时，情况发生了变化。妈妈前一晚给她念故事，她第二天起床后，就把书翻到昨晚妈妈念的那几页，给自己念上面的故事，虽然不认识大部分字，却念得头头是道。当然，因为她记得妈妈念过的内容。

终于有一天，那是她五岁的时候，妈妈拿着一本书正要念，她不让，说："你念了，我自己再看就没有意思了。"这本书是黑柳彻子的《窗边的小豆豆》。她极喜欢这本书，前几天，妈妈每晚给她念一段，她担心地问："妈妈，念完了怎么办呀？"她还宣布："我也要写自己的事。"因为这本书有后记，她加上一句："也要写后记喽。"事实上，在妈妈给她念的时候，她自己已经能读懂了，而她很快发现了这一点。这几天里，我曾看见她独自在灯下读这本书，很专心的样子，便对她说："有不认识的字，你用笔画出来，待会儿爸爸教你。"她回答说："不用，我都认识了。"

我们没有特意教啾啾认字，她是怎么认识这么多字的呢？回想起来，大约有几个途径。其一，平时开车外出，她坐在车里，喜欢读路旁商店的招牌，有不认识的字就问我们。其二，她看着歌谱弹钢琴，开始时大部分字不认得，慢慢就对上了。其三，看有字幕的动画片，由听台词而认识了字。其四，就是看妈妈给她念过的书，连猜带蒙，熟字越来越多，终于把生字都收编了。

由此我看到，在幼儿的心智中，作为理性能力的一个表现，认字能力同样已是一种潜能，只要给予合适的环境，便会自然地展现和生长。也就是说，认字应该是一个轻松的过程，根本不需要强行灌输。

无可否认，在啾啾身上，家庭环境也发生着潜移默化的影响，而这正是我所说的"合适的环境"的一个组成部分。她的爸爸妈妈都是做文字工作的，在耳濡目染中，她很容易对文字产生兴趣。

三岁时，她就经常给我和红写"信"，用圆珠笔在稿纸的每个方格里认真地涂写，写满一张纸，便放进信封，用胶水封口，然后一脸严肃地交给我们。当然，信上的"字"，除了少数几个，我们都不认识。

她给妈妈写了一封信，让妈妈拆开来看。我凑上去读："妈妈，你好，太阳已经老高了，你才起床，你是一个大懒虫……"她着急地制止，说："不是，这信是以前写的，妈妈还没睡觉。"我说："那你给我们念。"她挑出"大""小"两个字念给我们听了，指着其余她涂的字告诉我们："这些都不是字，是我胡说八道的字。"我说："这些字是你想出来的才棒呢，'大''小'人人会写，这些字爸爸妈妈会写吗？"她摇摇头，然后谦虚地说："美美也会写。"

　　她四岁时，我们之间有一次有趣的谈话。她翻到一本书，是关于尼采的，上面有尼采的像，评论道："尼采很凶。"问我尼采是怎么回事，我对她做了解释。她说，听妈妈说，尼采后来得精神病了。我说是，就精神病问题和她讨论了一会儿。然后我说："爸爸以后不研究尼采了，研究尼采没意思，爸爸就研究你。"她说："研究我也没意思，是我觉得没意思。"我笑了，连连称是，说："让人研究真是没意思。"她一页一页翻这本书，看见有铅笔记号，问是不是我画的，为什么要画，不同的记号是什么意思。我解释说，我看书时，觉得重要的就画一个小圈，觉得不对的就画一

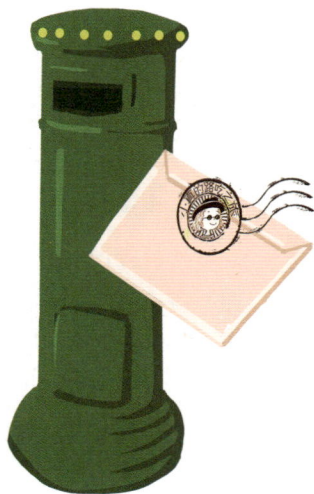

个小三角。于是，她非常耐心地查看所有的记号，在每一处都指点着报告："这里是重要的。""这里是不对的。"最后，她有些遗憾地说："好些字我都不认识。"我赶紧安慰她说："你认识的字已经很多了。"不久后，在她的一本童书上，我看到了用铅笔做的类似的记号，有小圈，也有小三角。

还有一回，她坐在双层床的上铺，埋头做着什么。红攀上去看，发现她拿着一支红笔，正在一本书上画，已经圈起一个字，用一条红线把它拉出去，再在书页的边沿上画了一个小圈。红是编辑，这是改稿上错字时用的符号，居然被她学去了。她告诉红："我学妈妈。"

我和红深深感到，父母对孩子的影响有多么大。

从四岁起，啾啾就迷上了阅读。从幼儿园回来，她一进门，总是鞋子都来不及脱，就挑了一本书，坐在地毯上读了起来。她告诉妈妈："我看书的时候，我感觉自己就好像在里面似的。"她和红各人捧着一本书在读，小燕催她们吃饭，两人都充耳不闻。我问她："我们是不是应该把妈妈手里的书没收？"她抬头看我一眼，说："不，我快要跟妈妈一样了。"

会阅读后，家里的藏书对于她有了全新的魅力，她经常会抽出一本来翻翻。一天晚饭后，她抽出一本卡夫卡的短篇集《变形记》，看见封面上有叶廷芳的名字，感到奇怪，问："是叶爷爷写的？"叶廷芳是我们的好友，她叫他叶爷爷。我解释，是叶爷爷翻译的。她又问："整本书都是《变形记》？"我告诉她，《变形记》是其中的一篇。她表示想看一看，根据目录翻到了那一页，看了开头，立刻笑着说："一开头就变成甲虫了。"接着抽出一本《三剑客》，是名著名译丛书中的一种，书中有书签，印着这套丛书的书目。她仔细辨认如豆小字，对照柜里的书，很快告诉我，柜里缺了《前夜·父与子》。我一查，果然。

另一天，红说没有看过《战争与和平》，这边家里没有，我说有，啾啾也立即说有，并且立刻替妈妈找了出来，可见对家里的藏书已经相当熟悉。过了几天，她看见红在看别的书，就问："你为什么不看《战争与和平》了？"红说："我翻了一下，觉得别的书更好看，就看别的书了。"她说："你没有进去。"真是一针见血。

刚满五岁，她已具备很好的阅读能力了。我发现这一点，是源于她当时喜欢让我们猜脑筋急转弯的题目。

她手中有一本小书，这些题目用极小的字印在每页的边缘上，她低头辨认并一条条读出来让我们猜。我看她喜欢，立刻给她买了一本书名就是"脑筋急转弯"的书，她捧在手里，兴致勃勃地给大家猜，从第一页读到了最后一页，基本上没有生字。

也在这同时期，她随手翻开《骑鹅旅行记》的一页，念出上面的一条标题："斯莫兰的传说。"红惊叹："你真行啊。"她感到奇怪，说："这里不是写着吗？"

在幼儿园里，老师发给每个孩子一份谈儿童营养问题的材料，让拿回家给家长看。发下来后，她当即就看了起来。老师惊讶地问："这些字你都认识？"她不好意思地点点头，老师称赞她是才女。

她两岁时给她买的那套西方童话名著，包括安徒生、格林、《爱丽斯漫游奇境记》《木偶奇遇记》等，以前是妈妈给她念，现在她找出来自己一本本读了。经常的情形是，我和红都在忙，我突然想起她，很长时间没听到她的声音了，在卧室里找到她，只见她坐在窗边，捧着一本书，在专心地读。我问她一句什么话，她一脸茫然，可见读得很投入。这情景真令人感动。

　　我知道我的女儿能够享受阅读的快乐了，应该给她准备更合适的读物，就选购了一套世界文学名著的缩写本，有二十多册，我翻看了一下，缩写得颇具水平。在一年多的时间里，她基本上读完了。最早读的是《鲁滨孙漂流记》，她说她害怕，改读《苦儿流浪记》和《八十天环游地球》，然后再回头来读完《鲁滨孙漂流记》，在书后写了一句读后感："读完后觉得是很动人心的故事，尤其在无人岛上的时候。"她最喜欢的是《唐·吉诃德》，经常笑谈其中的情节。

　　小学一二年级的时候，她在书柜里发现了《卡尔维诺文集》，迷上了其中卡尔维诺编的《意大利童话》，上下两集，一千多页，读了好多遍。她真是喜欢书中那些充满民间智慧和幽默的故事，常常向我们绘声绘色地复述。

　　啾啾看书是有自己的理解和体会的。比如说，读《聊斋志异》连环画，她发表议论："都是写爱情的，写一个书生爱上一个有点儿神秘的女孩。"很准确。一次聚餐时，一个朋友拿一本兰波的诗集让她和另一个女孩朗读，朋友告诉红，她朗读得好，还评论这首是儿歌，那首是童话，都不是诗。问她什么是诗，她的回答是：

"一个句子放在事物之中。"朋友觉得另一个女孩朗读得不好，要教那个女孩，她制止，说："每个人有自己的感受。"

在我们家里，最多的东西是书，满壁都是书柜，总有好几万册吧。我和红的日常生活就是看书。我几乎不看电视，红也就看看球赛，偶尔看一两部电影。除了收发邮件，我们都基本不上网。在这样的氛围中，啾啾喜欢看书和学习，是再自然不过的事了。她看电视也很少，小时候看动画片，上学后连动画片也不怎么看了，因为课余的时间太有限，她要省着用，看她喜欢的书。至于网瘾之类，对于她就是一个遥远的传说了。

在学习上，啾啾是完全不用我们操心的，她乐在其中，自己就把一切安排好了。每天放学回来，她就坐在她房间里的桌前，自己在那里忙乎。做作业是丝毫不需要督促的，做完了作业，就自己想出一点事儿来做。一年级时，有一天，做完作业后，她把学了的全部生字描在一张纸上，她说是字帖。第二天，又把学过的全部英文单词、汉字、数字整齐地写在纸上，她告诉我，这是三门主课学的全部内容。老师让每周写一篇周记，她另备一个本子，增写不交给老师的个人周记。她的学习成

绩很好，但并不费力，她的班主任多次问我："你们是怎么教的？"我心想，我们没有怎么教呀。如果一定要找原因，大约是得益于熏陶吧。

我深信，熏陶是不教之教，是最有效也最省力的教育，好的素质是熏陶出来的。当然，所谓熏陶是广义的，并不限于家庭的影响。事实上，养成了阅读的习惯，也就开辟了熏陶的新来源，能够从好书中受到熏陶，这是良性循环，就像那些音乐家的孩子，在受到父母的熏陶之后，又从音乐中受到了进一步的熏陶一样。

怎样教孩子处世做人

孩子都爱发问。爱发问的孩子是聪明的孩子，这说明他的小脑瓜在思考，他看见了一些令他惊奇或困惑的现象，要寻求答案。这正是父母对孩子进行启发式教育的良机。如果你是聪明的父母，你一定会抓住这个机会，仔细倾听孩子的问题，和他进行平等的讨论，切磋相关的道理。有的家长不喜欢孩子发问，总是不耐烦地顶回去，或者给一个简单的答案了事。这样的家长是最笨的家长，而且可能会扼杀孩子的好奇心，使孩子变得和他一样笨。

千万不要小看孩子提的问题，你要给他解释清楚还真不容易呢。比较起来，最容易回答的是知识性的问题，当然，前提是你具备有关的知识，并且善于根据孩子的理解能力进行讲解。特别难回答的问题有两类，一类是哲学性的，另一类是社会性的。哲学性的问题，即对宇宙和人生的追根究底的发问，原本没有标准答案，因此最佳方式是仅仅给予鼓励，使孩子的思考保持在活泼的开放的状态。社会性的问题，源于孩子与人打交道时产生的困惑，随着年龄增长，与社会接触增多，这类问题会大量涌现。怎么应对这类问题，正是我们现在要着重探讨的。

孩子幼小时，一直生活在父母羽翼的庇护之下，自由自在，无忧无虑。上小学后，情况大变，一下子进入了某种带有强制性的秩序之中，以及某种相对陌生的人际关系之中。他会遭遇许多矛盾，他的极其有限的经验完全不足以对付，因而疑惑丛生。事实上，他已经开始面对如何处世做人这个大问题了。细究起来，最基本的矛盾是个人自由和社会规则之间的矛盾，

而这正是贯穿人类社会经济、政治、法律、道德领域的核心问题。在这个问题上，最困难的是如何把握好二者的度，各个学派对此亦是众说纷纭。对于个人来说，个性与社会性的冲突也是贯穿终生的，而儿童时期是其肇始，打下一个正确解决的基础是特别重要的。怎样让孩子既能自由成长，又能适应社会，这同样是令父母们苦恼的问题。我想强调的是，父母在引导孩子思考这类问题时，也要把握好度，不可把孩子教育成小绵羊，盲目服从社会的成规。正确的目标是，让孩子既能明白公共生活的若干基本准则，培养自制、友爱、仁慈等美德，又能学会分析复杂的社会现象，坚持独立思考，培养自信、勇敢、正义等美德。

这套"哲学鸟飞罗系列"童书侧重的正是孩子的社会性发问，以期让孩子懂得处世做人的基本道理。主角菲卢是一个六岁半的男孩，恰好处在开始产生社会性困惑的年龄。作者设计了这个年龄段容易发生疑惑的若干问题，比如：我可以打架吗？我可以撒谎吗？要是我不遵守规则？要是我不去上学？为什么我不能当头儿？每册书针对其中一个问题，父母给菲卢讲道理。有趣的是，就像孩子在这种场合一般会表现的那样，菲卢对父母讲的道理常常不服气。可是，到了晚上，回到自己的房间，他的好朋友——一只名叫飞罗的鸟——就会来找他，而在与飞罗的交谈中，他就慢慢想通了。按照我的理解，这个飞罗其实就是菲卢，是他的那个理性的自我。因此，与飞罗的交谈实际上是菲卢的内心对话。这就告诉我们，父母讲道理讲得好，会起到一个最重要的作用，就是促进孩子那个内在的理性自我觉醒，自己进一步去思考，从而逐渐具备独立解决所遇到的社会性难题的能力。

童心

成熟了，却不世故，依然是一颗童心。成功了，却不虚荣，依然是一颗平常心。兼此二心者，我称之为慧心。

童心和成熟并不相互排斥。一个人在精神上足够成熟，能够正视和承受人生的苦难，同时心灵依然单纯，对世界依然怀着儿童般的兴致，这完全是可能的。我不认为麻木、僵化、世故是成熟，真正的成熟应该具有生长能力，因而毋宁说在本质上始终是包含着童心的。童年是灵魂生长的源头。我甚至要说，灵魂无非就是一颗成熟了的童心，因为成熟而不会再失去。圣·埃克苏佩里创作的童话中的小王子说得好："使沙漠显得美丽的，是它在什么地方藏着一口水井。"始终携带着童年走人生之路的人是幸福的，由于心中藏着永不枯竭的爱的源泉，最荒凉的沙漠也化作了美丽的风景。

问：什么原因能使一个人显得年轻呢？譬如说，许多人都觉得你看起来很年轻。

答：我想最主要的也许是一个人的头脑不要太复杂。我在社会处世方面还是比较简单的，弄不懂的事情就不去弄它。我相信，一个人简单就会显得年轻，一世故就会显老。

在孩子眼中，世界是不变的。在世界眼中，孩子一眨眼就老了。

电视镜头：妈妈告诉小男孩怎么放刀叉，小男孩问："可是吃的放哪里呢？"

当大人们在枝节问题上纠缠不清的时候，孩子往往一下子进入了实质问题。

儿童教育五题

1. 童年的价值

在人的一生中，童年似乎是最不起眼的。大人们都在做正经事，孩子们却只是在玩耍，在梦想，仿佛在无所事事中挥霍着宝贵的光阴。可是，这似乎最不起眼的童年其实是人生中最重要的季节。粗心的大人看不见，在每一个看似懵懂的孩子身上，都有一个灵魂在朝着某种形态生成。

在人的一生中，童年似乎是最短暂的。如果只看数字，孩提时期所占的比例确实比成年时期小得多。可是，这似乎短暂的童年其实是人生中最悠长的时光。我们仅在儿时体验过时光的永驻，而到了成年之后，儿时的回忆又将伴随我们的一生。

对聪明的大人说的话：倘若你珍惜你的童年，你一定也要尊重你的孩子的童年。当孩子无忧无虑地玩耍时，不要用你眼中的正经事去打扰他。当孩子编织美丽的梦想时，不要用你眼中的现实去纠正他。如同纪伯伦所说：孩子虽是借你而来，却不属于你；你可以给他爱，却不可给他想法，因为他有自己的想法。如果你执意把孩子引上成人的轨道，当你这样做的时候，你正是在粗暴地夺走他的童年。

2. 野蛮的做法

今日的家长们似乎都深谋远虑，在孩子很小时就为他将来有一个好职业而奋斗了，为此拼命让孩子进重点学校和上各种课外班。从孩子这方面来说，便是从幼儿园开始就投入了可怕的竞争，从小学到大学一路走过去，为了拿到那张最后的文凭，不知要经受多少作业和考试的折磨。有道是：不能让我们的孩子输在起跑线上。可是，在我看来，这种教育方式恰好一开始就是输局了。身心不能自由健康地发展，只学得一些技能，将来怎么会有大出息呢？

一个人从童年、少年到青年，原是人生最美好也最重要的阶段，有其自身不可取代的价值，现在这个价值被完全抹杀了，其全部价值被归结为只是为将来谋职作准备。多么宝贵的童年和青春，竟为了如此渺小的一个目标做了牺牲。这种做法无疑是野蛮的。我不禁要问：这还是教育吗？教育究竟为何？

然而，现行教育体制以应试和急功近利为特征，使得家长和孩子们难有别的选择。因此，当务之急是改变这个体制。

3. 不可误用光阴

如果说教育即生长，那么，教育机构和教育者的使命就是为生长提供最好的环境。

怎样的环境算最好？生长是人的能力的自由发展，可称之为内在的自由，最好的环境就是为之提供外在的自由。外在自由有两个方面，一是政治自由，包括言论自由、学术自由等，另一是自由时间。这里单说后一方面。

在希腊文中，学校一词的意思就是闲暇。在希腊人看来，学生必须有充裕的时间体验和沉思，才能自由地发展其心智能力。卢梭说：最重要的教育原则是不要爱惜时间，要浪费时间。由我们今天的许多耳朵听来，这句话简直是谬论。但卢梭自有他的道理，他说：误用光阴比虚掷光阴损失更大，教育错了的儿童比未受教育的儿童离智慧更远。今天许多家长和老师唯恐孩子虚度光阴，驱迫着他们做无穷的作业，不给他们留出一点儿玩耍的时间，自以为这就是尽了做家长和老师的责任。卢梭却问你：什么叫虚度？快乐不算什么吗？整日跳跑不算什么吗？如果满足天性的要求就算虚度，那就让他们虚度好了。

仔细想一想，卢梭多么有道理，我们今日的所作所为正是逼迫孩子们误用光阴。

4. 城里的孩子没有童年

一个人的童年，最好是在乡村度过。一切的生命，包括植物、动物、人，归根到底来自土地，生于土地，最后又归于土地。上帝对亚当说：你是用尘土造的，你还要归于尘土。在乡村，那刚来自土地的生命仍能贴近土地，从土地中汲取营养。童年是生命蓬勃生长的时期，而乡村为它提供了充满同样蓬勃生长的生命的环境。农村孩子的生命不孤单，它有许多同伴，它与树、草、野兔、家畜、昆虫进行着无声的谈话，它本能地感到自己属于大自然的生命共同体。相比之下，城里孩子的生命就十分孤单，远离了土地和土地上丰富的生命，与大自然的生命共同体断了联系。在一定意义上，城里孩子是没有童年的。

今天的孩子已经越来越没有童年。到各地走走，你会发现到处都在兴建雷同的城镇，千篇一律的商厦和水泥马路取代了祖先们修筑的土墙和小街，田野和村庄正在迅速消失。孩子们在这样一种环境中成长，压根儿没有过同大自然亲近的经验和对土地的记忆，因而也很难在他们身上唤起对大自然的真正兴趣了。有一位作家写到，她曾带几个孩子到野外去看月亮和海，可是孩子们对月亮和海毫无兴趣，心里惦记着的是及时赶回家去，不要误了他们喜欢的一个电视节目。

5. 向孩子学习

耶稣说：你们如果不回转，变成小孩子的样子，就一定不得进天国。帕斯卡尔说：智慧把我们带回到童年。

孟子说：大人先生者不失赤子之心。几乎一切伟人都用敬佩的眼光看孩子。在他们眼中，孩子的心智尚未被岁月扭曲，保存着最宝贵的品质，值得大人们学习。

与大人相比，孩子诚然缺乏知识。然而，他们富于好奇心、感受性和想象力，这些正是最宝贵的智力品质，因此能够不受习见的支配，用全新的眼光看世界。

与大人相比，孩子诚然缺乏阅历。然而，他们诚实、坦荡、率性，这些正是最宝贵的心灵品质，因此能够不受功利的支配，做事只凭真兴趣。

如果一个成人仍葆有这些品质，我们就说他有童心。凡葆有童心的人，往往也善于欣赏儿童，二者其实是一回事。

相反，有那么一些童心已经死灭的大人，执意要把孩子引上自己的轨道。在他们眼中，孩子什么都不懂，什么都不行，一切都要大人教，而大人在孩子身上则学不到任何东西。恕我直言，在我眼中，他们是世界上最愚蠢的大人。

- 06 -

成长的真理是
自我教育

教育的七条箴言

何为教育？教育究竟为何？教育中最重要的原则是什么？古今中外的优秀头脑对此进行了许多思考，发表了许多言论。我发现，关于教育的最中肯、最精彩的话往往出自哲学家之口。专门的教育家和教育学家，倘若不同时拥有洞察人性的智慧，说出的话便容易局限于经验，或拘泥于心理学的细节，显得肤浅、琐细和平庸。现在我把我最欣赏的教育理念列举出来，共七点，不妨称之为教育的七条箴言。它们的确具有箴言的特征：直指事物的本质，既简明如神谕，又朴素如常识。可叹的是，人们迷失在事物的假象之中，宁愿相信各种艰深复杂的谬误，忘掉了简单的常识。然而，依然朴实的心灵一定会感到，这些箴言多么切中今日教育的弊病，我们的教育多么需要回到常识，回到教育之为教育的最基本的道理。

第一条箴言：教育即生长，生长就是目的。在生长之外别无目的。

这个论点由卢梭提出，而后杜威作了进一步阐发。"教育即生长"言简意赅地道出了教育的本义，就是要使每个人的天性和与生俱来的能力得到健康生长，而不是把外面的东西，例如知识，灌输进一个容器。苏格拉底早已指出，求知是每个人灵魂里固有的能力。当时的智者宣称他们能把灵魂里原本没有的知识灌输到灵魂里去，苏格拉底嘲笑道，好像他们能把视力放进瞎子的眼睛里去似的。懂得了"教育即生长"的道理，我们也就清楚了教育应该做什么事。比如说，智育是要发展好奇心和理性思考的能力，而不是灌输知识；德育是要鼓励崇高的精神追求，而不是灌输规范；美育是要培育丰富的灵魂，而不是灌输技艺。

"生长就是目的，在生长之外别无目的"，这是特别反对用狭隘的功利尺度衡量教育的。人们即使似乎承认了"教育即生长",也一定要给生长设定一个外部的目的,比如将来适应社会、谋求职业、做出成就之类,仿佛不朝着这类目的努力,生长就没有了任何价值似的。用功利目标规范生长,结果必然是压制生长,实际上仍是否定了"教育即生长"。生长本身没有价值吗?一个天性得到健康发展的人难道不是既优秀又幸福的吗?就算用功利尺度——广阔的而非狭隘的——衡量,这样的人在社会上不是更有希望获得真正意义的成功吗?而从整个社会的状况来看,正如罗素所指出的,一个由本性优秀的男女所组成的社会,肯定会比相反的情形好得多。

第二条箴言:儿童不是尚未长成的大人。儿童期有其自身的内在价值。

用外部功利目的规范教育,无视生长本身的价值,一个最直接、最有害的结果就是否定儿童期的内在价值。把儿童看作"一个未来的存在",一个尚未长成的大人,在"长大成人"之前似乎无甚价值,而教育的唯一目标是使儿童为未来的成人生活做好准备,这种错误观念由来已久,流传极广。"长大成人"的提法本身就荒唐透顶。仿佛在长大之前儿童不是人似的！蒙台梭利首先明确地批判这种观念，在确定儿童的人格价值的基础上建立了他的儿童教育理论。杜威也指出，儿童期生活有其内在的品质和意义，不可把它当作人生中一个未成熟阶段，只想让它快快地过去。

人生的各个阶段皆有其自身不可取代的价值，没有一个阶段仅仅是另一个阶段的准备。尤其是儿童期，原是身心生长最重要的阶段，也应是人生中最幸福的时光，教育所能成就的最大功德是给孩子一个幸福而有意义的童年，以此为他们幸福而有意义的一生创造良好的基础。然而，今天的普遍情形是，整个成人世界纷纷把自己渺小的功利目标强加给孩子，驱赶他们到功利战场上拼搏。我担心，在他们未来的人生中，在若干年后的社会上，童年价值被野蛮剥夺的恶果不知会以怎样可怕的方式显现出来。

第三条箴言：教育的目的是让学生摆脱现实的奴役，而非适应现实。

这是西塞罗的名言。今天的情形恰好相反，教育正在全力做一件事，就是以适应现实为目标塑造学生。人在社会上生活，当然有适应现实的必要，但这不该是教育的主要目的。蒙田说：学习不是为了适应外界，而是为了丰富自己。孔子也主张，学习是"为己"而非"为人"的事情。古往今来的哲人都强调，学习是为了发展个人内在的精神能力，从而在外部现实面前获得自由。当然，这只是一种内在自由，但是，正是凭借这种内在自由，这种独立人格和独立思考能力，那些优秀的灵魂和头脑对于改变人类社会的现实发生了伟大的作用。教育就应该为促进内在自由、产生优秀的灵魂和头脑创造条件。如果只是适应现实，要教育做什么！

第四条箴言：最重要的教育原则是不要爱惜时间，要浪费时间。

这句话出自卢梭之口，由我们今天的许多耳朵听来，简直是谬论。然而，卢梭自有他的道理。如果说教育即生长，那么，教育的使命就应该是为生长提供最好的环境。什么是最好的环境？第一是自由时间，第二是好的老师。在希腊文中，学校一词的意思就是闲暇。在希腊人看来，学生必须有充裕的时间体验和沉思，才能自由地发展其心智能力。卢梭为其惊世骇俗之论辩护说："误用光阴比虚掷光阴损失更大，教育错了的儿童比未受教育的儿童离智慧更远。"今天许多家长和老师唯恐孩子虚度光阴，驱迫着他们做无穷的功课，不给他们留出一点儿玩耍的时间，自以为这就是尽了做家长和老师的责任。卢梭却问你：什么叫虚度？快乐不算什么吗？整日跳跑不算什么吗？如果满足天性的要求就算虚度，那就让他们虚度好了。

到了大学阶段，自由时间就更重要了。依我之见，可以没有好老师，不可没有自由时间。说到底，一切教育都是自我教育，一切学习都是自学。就精神能力的生长而言，更是如此。我赞成约翰·亨利的看法：对于受过基础教育的聪明学生来说，大学里不妨既无老师也不考试，任他们在图书馆里自由地涉猎。我要和萧伯纳一起叹息：全世界的书架上摆满了精神的美味佳肴，可是学生们却被迫去啃那些毫无营养的乏味的教科书。

第五条箴言：忘记了课堂上所学的一切，剩下的才是教育。

价 值

我衡量一本书对于我的价值的标准是：

读了它之后，

我自己是否也遏止不住地想写点什么，

哪怕我想写的东西表面上与它似乎全然无关。

它给予我的是一种氛围、一种心境，

使我仿佛置身于一种合宜的气候里，

心中潜藏的种子因此发芽破土了。

我最早在爱因斯坦的文章中看到这句话，是他未指名引用的一句俏皮话。随后我发现，它很可能脱胎于怀特海的一段论述，大意是：抛开了教科书和听课笔记，忘记了为考试背的细节，剩下的东西才有价值。

知识的细节是很容易忘记的，一旦需要它们，又是很容易在书中查到的。所以，把精力放在记住知识的细节，既吃力又无价值。假定你把课堂上所学的这些东西全忘记了，如果结果是什么也没有剩下，那就意味着你是白受了教育。

那个应该剩下的配称为教育的东西，用怀特海的话说，就是完全渗透入你的身心的原理，一种智力活动的习惯，一种充满学问和想象力的生活方式；用爱因斯坦的话说，就是独立思考和判断的总体能力。按照我的理解，通俗地说，一个人从此成了不可救药的思想者、学者，不管今后从事什么职业，再也改不掉学习、思考、研究的习惯和爱好了，方可承认他是受过了大学教育。

第六条箴言：大学应是大师云集之地。让青年在大师的熏陶下生长。

教育的真谛不是传授知识，而是培育智力活动的习惯、独立思考的能力等等，这些智力上的素质显然是不可像知识那样传授的，培育的唯一途径是受具有这样素质的人——不妨笼统地称之为大师——的熏陶。大师在两个地方，一是在图书馆的书架上，另一便是在大学里，大学应该是活着的大师云集的地方。正如怀特海所说：大学存在的理由是，拥有一批充满想象力的探索知识的学者，使学生在智力发展上受其影响，在成熟的智慧和追求生命的热情之间架起桥梁，否则大学就不必存在。

林语堂有一个更形象的说法：理想大学应是一班不凡人格的吃饭所，这里碰见一位牛顿，那里碰见一位佛罗特，东屋住了一位罗素，西屋住了一位拉斯基，前院是惠定宇的书房，后院是戴东原的住房。他强调："吃饭所"不是比方，这些大师除吃饭外，对学校绝无义务，学校送薪俸请他们住在校园里，使学生得以与其交游接触，受其熏陶。比如牛津、剑桥的大教授，抽着烟斗闲谈人生和学问，学生的素质就这样被烟熏了出来。

今天的大学争相标榜所谓世界一流大学，还拟订了种种硬指标。其实，事情本来很简单：最硬的指标是教师，一个大学拥有一批心灵高贵、头脑智慧的一流学者，它就是一流大学。否则，校舍再大，楼房再气派，设备再先进，全都白搭。

第七条箴言：教师应该把学生看作目的而不是手段。

这是罗素为正确的师生关系规定的原则。他指出，一个理想教师的必备品质是爱他的学生，而爱的可靠征兆就是具有博大的父母本能，如同父母感觉到自己的孩子是目的一样，感觉到学生是目的。他强调：教师爱学生应该胜于爱国家和教会。针对今日的情况，我要补充一句：更应该胜于爱金钱和名利。今日一些教师恰恰是以名利为唯一目的，明目张胆地把学生当作获取名利的手段。

教师个人是否爱学生，取决于这个教师的品德。要使学校中多数教师把学生看作目的而不是手段，则必须建立以学生为目的的教育体制。把学生当作手段的行径之所以大量得逞，重要原因是教师权力过大，手握决定学生升级毕业之大权。所以，我赞同爱因斯坦的建议：给教师使用强制措施的权力应该尽可能少，使学生对其尊敬的唯一来源是他的人性和理智品质。与此相应，便是扩大学生尤其研究生的权利，在教学大纲许可的范围内，可以自由选择老师和课程，可以改换门庭，另请高明。考核教师也应主要看其是否得到学生的爱戴，而非是得到行政部门的青睐。像现在这样，教师有本事活动到大笔科研经费，就有多招学生的权力，就有让学生替自己打工的权力，否则就受气，甚至被剥夺带学生的权利，在这种体制下，焉有学生不沦为手段之理。

向教育争自由

　　逝世前一个月，正值母校苏黎世工业大学成立一百周年，爱因斯坦应约为之写纪念文章。在文章中，他没有为母校捧场，反而是以亲身经历批评了学校教育体制的不合理。他回忆说，入学以后，他很快发现自己不具备做一个"好学生"所需要的一切特性，诸如专心于功课，遵守课堂纪律，认真记笔记和做作业等等。因此，他便始终满足于做一个有中等成绩的学生，而把主要精力放在自己真正感兴趣的东西上，"以极大的热忱在家里向理论物理学的大师们学习"。

他接着回忆说，毕业以后，他感到极大幸福的是在专利局找到了一份实际工作，而不是留在学院里从事研究。"因为学院生活会把一个年轻人置于这样一种被动的地位：不得不去写大量科学论文——结果是趋于浅薄。"他在专利局一干就是七八年，业余时间埋头于自己的爱好，这正是他一生中"最富于创造性活动"的时期。

据我所知，爱因斯坦的经历绝非例外。不论在科学领域，还是在哲学、文学、艺术领域，几乎所有的天才人物在学校读书时都不是"好学生"，都有过与当时的教育制度作斗争的经历。可以毫不夸张地说，他们的成材史就是摆脱学校教育之束缚而争得自主学习的自由的历史。

爱因斯坦在晚年时异常关心教育问题，我认为可以把这看作这位伟人留给我们的最重要的精神遗嘱。他不是那种拘于某个特定领域的科学工作者，而是一个对精神事物有着广泛兴趣和深刻理解的大思想家。他十分清楚，从事任何精神创造的基本因素是什么，因而教育应该为此提供怎样的条件。在他的有关论述中，我特别注意到两个概念。一是"神圣的好奇心"，即探究未知事物的强烈兴趣，以及在这探究中所获得的喜悦和满足感。

另一是"内在的自由",即不受权力和社会偏见的限制,也不受未经审察的常规和习惯的羁绊,而能进行独立的思考。如果说前者是每个健康孩子都有的心理品质,那么,后者是要靠天赋加上努力才能获得的能力。在一切伟大的精神创造者身上,都鲜明地存在着这两种特质。这两种特质的保护或培养都有赖于外在的自由。因此,学校教育的主要使命就是提供一个自由的环境,对两者都予以鼓励,最低限度是不要去扼杀它们。遗憾的是事实恰好相反,以至于爱因斯坦感叹道:"现代的教育方法竟然还没有把研究问题的神圣好奇心完全扼杀掉,真可以说是一个奇迹。"

今天,现行教育体制的弊病已经引起了社会的广泛注意。但是,完全可以预料,由于种种原因,情况的真正改变将是一个极其漫长的过程。在这个过程中,一代代的学生仍然会不同程度地身受其害。鉴于此,我想特别对学生们说:你们手中毕竟掌握着一定的主动权,既然在这种有弊病的教育体制下依然产生出了许多杰出人物,那么,你们同样也是有可能把所受的损害减少到最低限度的。为了做到这一点,就必须像爱因斯坦那样,要善于向现行教育争自由,不要去做各门功课皆优

的"好学生"，而要做一个能够按照自己的兴趣安排学习计划的"自我教育者"。在我看来，一个人在大学阶段培养起了自主学习的兴趣和能力，找到了真正吸引自己的学科方向和问题领域，他的大学教育就可以说是出色地完成了，这一收获必将使他终身受益。至于课堂知识，包括顶着素质教育的名义灌输的课本之外的知识，实在不必太认真看待。为了明白这个道理，你们不妨仔细琢磨一下爱因斯坦引用的一个调皮蛋给教育所下的定义："如果你忘记了在学校里学到的一切，那么所剩下的就是教育。"

剩下的才是教育

在论教育的名言中，我特别喜欢这一句俏皮话：忘记了课堂上所学的一切，剩下的才是教育。

爱因斯坦和怀特海都说过这个意思的话。爱因斯坦是大科学家，怀特海是大哲学家，两人都是智力活动的大师。凡智力活动的大师，正由于从自己身上亲知了智力活动的性质和规律，因此皆深通教育之真谛。他们都是出色的自我教育者，而教育的道理不过是他们自我教育的经验的举一反三罢了。

据我所见，没有一个大师是把知识当作教育的目标的。他们当然都是热爱知识、拥有知识的人，但是他们一致认定，在教育中有比知识重要得多、根本得多的东西，那个东西才是目标。

其实，不必是大师，我们这些受过一定教育的普通人也能从自身经历中体会到这个道理。不妨回想一下，从小学到大学，学了这么多课本知识，现在仍记得的有多少？恐怕少得可怜，至少在全部内容中所占比例不会多。大致来说，能记住的东西不外乎两类，一是当时就引起了强烈兴趣因而留下了深刻印象的东西，二是后来因为不断重温而得到了巩固的东西。属于后者的，例如在生活和阅读中经常遇见的语言文字，与自己所从事的专业相关的基础知识。事实正是这样：任何具体的知识，倘若不用，是很容易忘记的，倘若需要，又是很容易在书中查到的，而用得多了，记住就是自然而然的事情了。所以，让学生把主要精力放在背诵具体的知识上，既吃力又无必要，而且说到底没有多大价值。

那么，那个应该剩下的配称为教育的东西是什么呢？依我看，就是两种能力，一是快乐学习的能力，二是自主学习的能力。教育的目标，第一要让学生喜欢学习，对知识充满兴趣，第二要让学生善于学习，在知识面前拥有自由。一个学生在总体上对人类知识怀有热烈的向往和浓厚的兴趣，又能够按照自己的兴趣方向来安排自己的学习，既有积极的动力，又有合理的方法，他就是一个智力素质高的学生。这样的学生，日后一定会自己不断去拓展知识的范围，并朝某一个方向纵深发展。

学习是一辈子的事，学校教育仅是一生学习的开端，即使读到了研究生毕业，情况仍是如此。然而，我们看到的现实是，许多人一走出校门，学习就停止了，此后最多是被动地接受一些职业的培训。检验一个人的学校教育是否合格，最可靠的尺度是看他走出校门后能否坚持自主学习。大学是培养知识分子的地方，可是，一个人取得了本科乃至研究生的学历和文凭，并不就算是知识分子了。唯有真正品尝到了智力活动的快乐，从此养成了智力活动的习惯，不管今后从事什么职业，再也改不掉学习、思考、研究的习惯了，这样一个人，我们方可承认他是一个知识分子。我如此定义知识分子：一个热爱智力生活的人，一个智力活动几乎成了本能的人。这个意义上的知识分子与文凭和职业无关。据我所见，各个领域里的有作为者，都一定是自觉的终身学习者和思考者。

当然，在学校里，具体知识的学习仍有相当的重要性，问题是要摆正其位置，使之服从于培养智力活动习惯这个主要目标。在这一点上，中学阶段的任务格外艰难。怀特海如此划分智力发展的阶段：小学是浪漫阶段，中学是精确阶段，大学是综合运用阶段；小学和大学都自由，中学则必须是自由从属于纪律。

在全世界，中学生和中学老师都是最辛苦的，因为无论从年龄的特征来说，还是从教学的顺序来讲，中学都是最适合于奠定文理知识基础的阶段，知识的灌输最为密集。但是，唯因如此，就更有必要十分讲究教材的编写和教学的方法，以求最大限度地引发学生学习和思考的兴趣。

怀特海说：在中学，学生伏案于课业，进了大学，就要站起来环顾周围了。是的，大学是自由阶段。那么，像我们这样，学生在中学里被应试的重负压得喘不过气，现在终于卸下重负，可以尽兴地玩了，这就是自由吗？显然不是。怀特海说的自由，是指在大学的学习中，具体知识退居次要地位，最重要的是透彻理解所学专业的原理——不是用文字叙述的原理，而是渗透入你的身心的原理，知识的细节消失在原理之中，知识的增长成为越来越无意识的过程。这是一个饱满的心智在某

源泉

我相信，
当我们在人生沙漠上跋涉时，
童年就是藏在某个地方的一口井。
始终携带着童年走人生之路的人是有福的，
由于心中藏着永不枯竭的爱的源泉，
最荒凉的沙漠也化作了美丽的风景。

个知识领域里的自由，其前提正是对人类知识的一般兴趣和对所学专业的特殊兴趣。倘若一个学生没有这两种兴趣，只是凭考分糊里糊涂进了某个专业，他当然与这样的自由无缘了。

最后回到那句名言，我们可以说：假如你忘记了课堂上所学的一切，结果是什么也没有剩下，你就是白受了教育。想一想我们今日的教育，白受了教育的蒙昧人何其多也。当然，责任不在学生，至少主要不在学生。

如果我是语文教师

我问自己一个问题：如果我是中学语文教师，我会怎么教学生？

对这个问题不能凭空回答，而应凭借切身的经验。我没有当过中学教师，但我当过中学生。让我回顾一下，在我的中学时代，什么东西真正提高了我的语文水平，使我在后来的写作生涯中受益无穷。我发现是两样东西，一是读课外书的爱好，二是写日记的习惯。

那么，答案就有了。

如果我是语文教师，我会注意培养学生对书籍的兴趣，鼓励他们多读好书，多读好的文学作品。所谓多，就要有一定的阅读量，比如说每个学期至少读三本好书。我也许会开一个推荐书目，但不做统一规定，而是让每个学生自己选择感兴趣的书。兴趣尽可五花八门，趣味一定要正，在这方面我会做一些引导。我还会提倡学生写读书笔记，形式不拘，可以是读后的感想，也可以只是摘录书中自己喜欢的语句。

如果我是语文教师，我会鼓励学生写日记。写日记第一贵在坚持，养成习惯；第二贵在真实，有内容。写日记既能坚持又写得有内容，即已证明这个学生在写作上既有兴趣又有能力，我会保证给予优秀的语文成绩。

我主要就抓这两件事。所谓语文水平，无非就是这两样东西，一是阅读的兴趣和能力，二是写作的兴趣和能力。当然要让学生写作文，不过，我会采取不命题为主的方式，学生可以把自己满意的某一篇读书笔记或日记交上来，作为课堂作文。总之，我要让学生知道，上我的语文课，无论阅读还是写作，最重要的是要有自己的真实感受和独立见解。

我最不会做的事情，就是

让学生分析某一篇范文的所谓中心思想或段落大意。据我所知，我的文章常被用作这样的范文，让学生们受够了折磨。有一回，一个中学生拿了这样一份卷子来考我，是我写的《面对苦难》。对于所列的许多测试题，我真不知该如何解答，只好蒙，她对照标准答案批改，结果几乎不及格。由此可见，这种有所谓标准答案的测试方式是多么荒谬。

何必名校

现在的家长都非常在乎把自己的孩子送进名校，往往为此煞费苦心，破费万金。人们普遍相信，只要从幼儿园开始，到小学、中学、大学，一路都上名牌，孩子就一定前程辉煌，否则便不免前途黯淡。据我的经验，事情决非这样绝对。我高中读上海中学，大学读北京大学，当然都是名校，但是，小学和初中就全然不沾名校的边了。我读的紫金小学在上海老城区一条狭小的石子路上，入读时还是私营的，快毕业时才转为公立。初中读的是上海市成都中学，因位于成都北路上而得名。

记得在被成都中学录取后，我带我小学里最要好的同班同学黄万春去探究竟。因为尚未开学，校门关着，我们只能隔着竹篱笆墙朝里窥看，能隐约看见操场和校舍一角。看了一会儿，我俩相视叹道：真大啊！比起鸽笼般的紫金小学，当然大多了。当时黄万春家已决定迁居香港，所以他没有在上海报考初中。他用羡慕的眼光望着我，使我心中顿时充满自豪。我压根儿没有去想，这所学校实在是上海千百所中学里的一所普通得不能再普通的学校。

我入初中时刚满十一岁，还在贪玩的年龄。那时候，我家才从老城区搬到人民广场西南角的一个大院子里。院子很大，除了几栋二层小洋楼外，还盖了许多茅屋。人民广场的前身是赛马场，那几栋小洋楼是赛马场老板的财产。新中国成立后，这位老板的财产被剥夺，现在寄居在其中一栋楼里，而我家则成了他的新邻居。那些茅屋是真正的贫民窟，居住的人家大抵是上海人所说的江北佬，从江苏北部流落到上海的。不过，也有一些江北佬住进了楼房。院子里孩子很多，根据住楼房还是住茅屋分成了两拨，在住楼房的孩子眼里，住茅屋的孩子是野孩子。好玩的是，在我入住后不久，我便成了住楼房的孩子的头儿。

我这一生没有当过官，也不想当官，然而，在那个顽童时代，我似乎显示了一种组织的能力。我把孩子们集中起来，宣布建立了一个组织，名称很没有想象力，叫红星组，后来"大跃进"开始，又赶时髦改为跃进组。组内设常务委员会，我和另五个年龄与我相仿的大孩子为其成员，其中有两人是江北佬的孩子，我当仁不让地做了主任。

我这个主任当得很认真，经常在我家召开会议，每一次会议都有议题并且写纪要。我们所讨论的问题当然是怎么玩，怎么玩得更好。玩需要经费，我想出了一个法子。有一个摆摊的老头，出售孩子们感兴趣的各种小玩意儿，其中有一种名叫天牛的昆虫。于是，我发动我的部下到树林里捕捉天牛，以半价卖给这个老头。就用这样筹集的钱，我们买了象棋之类的玩具，有了一点儿集体财产。我还买了纸张材料，做了一批纸质的军官帽和肩章领章，把我的队伍装备起来。

我们常常全副行头地在屋边的空地上游戏，派几个戴纸橄榄帽的拖鼻涕的兵站岗，好不威风。这种情形引起了那些野孩子的嫉妒，有一天，我们发现，他们排着队，喊着"打倒和尚道士"的口号，在我们的游戏地点附近游行。我方骨干中有两兄弟，和尚道士是他俩的绰号。冲突是避免不了的了，一次他们游行时，我们捉住了一个落伍者，从他身上搜出一张手写的证件，写着"取缔和尚道士协会"的字样。形势紧张了一些天，我不喜欢这种敌对的局面，便出面和他们谈判，提议互不侵犯，很容易就达成了和解。

我家住在那个大院子里的时间并不长。上初三时，人民广场扩建和整修，那个大院子被拆掉了，我们只得又搬家。现在回想起来，那两年半是我少年时代玩得最快活的日子。那时候，人民广场一带还很有野趣，到处杂草丛生。在我家对面，横穿广场，是人民公园。我们这些孩子完全不必买门票，因为我们知道公园围墙的什么位置有一个洞，可以让我们的身体自由地穿越。

夏天的夜晚，我常常和伙伴们进到公园里，小心拨开草丛，用手电筒的灯光镇住蟋蟀，然后满载而归。在那个年代，即使像上海这样大城市里的孩子也能够玩乡下孩子的游戏，比如斗蟋蟀和养蚕。我也是养蚕的爱好者，每年季节一到，小摊上便有幼蚕供应，我就买一些养在纸盒里。侍弄蚕宝宝，给它们换新鲜的桑叶，看着它们一点点长大，身体逐渐透亮，用稻草搭一座小山，看它们爬上去吐丝作茧，在这过程中，真是每天都有惊喜，其乐无穷。

我想说的是，一个上初中的孩子，他的职责绝对不是专门做功课，玩理应是他的重要的生活内容。倘若现在我回忆我的初中时光，只能记起我如何用功学习，从来不曾快活地玩过，我该觉得自己有一个多么不幸的少年时代。当然，同时我也是爱读书的，在别的文章中我已经吹嘘过自己在这方面的事迹了，例如拿到小学升初中的准考证后，我立即奔上海图书馆而去，因为这个证件是允许进那里的最低资格证件；又例如在家搬到离学校较远的地方后，我宁愿步行上学，省下车费来买书。

针对目前我们教育的现状，我认为有必要重温卢梭的一个著名论点：教育就是生长。杜威进而阐发道：这意味着生长本身是目的，在生长的前头并没有另外的目的，比如将来适应社会、做出成就之类。此言精辟地道出了教育的本质。

按照这个观点，我们不能用狭隘的功利尺度衡量教育，而应该用广阔的人性尺度和人生尺度。

人性尺度是指：教育应使每个人的天性和与生俱来的能力得到健康生长，而不是强迫儿童和青年接受外来的东西。比如说，智育是发展好奇心和独立思考的能力，而不是灌输知识，德育是鼓励崇高的精神追求，而不是灌输规范。

人生尺度是指：教育应使受教育者现在的生活就是幸福而有意义的，并以此为幸福而有意义的一生创造良好的基础。看教育是否成功，就看它是拓展了还是缩减了受教育者的人生可能性。与幸福而有意义的人生这个目标相比，获得一个好职业之类的目标显得何其可怜。

孩子的天性一是爱玩，二是富有好奇心和求知欲，我庆幸我这两种天性在初中时代都没有受到压制。让我斗胆说一句狂话：一个孩子如果他的素质足够好，那么，只要你不去压制他的天性，不管他上不上名校，他将来都一定会有出息的。现在我自己有了孩子，在她到了上学的年龄以后，我想我不会太看重她能否进入名校，我要努力做到的是，不管她上怎样的学校，务必让她有一个幸福自由的童年和少年时代，保护她的天性不被今日的教育体制损害。

中学老师是最难当的

　　癸巳年夏，行走内蒙古草原，得以结识《内蒙古教育》主编孙志毅老师。我见到的孙老师，是学问中人，也是性情中人，满腹诗书，一身清爽。我喜欢听他谈古说今，描摹当地掌故名物，而逢应酬的场合，他却如局外人一般，淡漠无言，我更心生欢喜。现在，他牵头编辑《教师新思考丛书》，收六位作者的教育随笔和教研手记，嘱我作序，我欣然命笔。

　　我素来由人判断事的价值，相信"纯粹之人必做纯粹之事"。六位作者皆是内蒙古基础教育领域的精英，从诗化的书名就可以看出他们"且行且思"的足迹，可以一睹他们长途跋涉的风姿——王丛老师三十年苦苦寻觅，回望百年来语文教育走过的路程，倡导从先人那里获得智慧；韩中凌老师的"批注式阅读"，同样承继了"不动笔墨不读书"的古训，让我想起脂砚斋、金圣叹、张竹坡；曹龙老师的语文教育理念显然脱胎于叶圣陶先生，但他在实践中摸索出的操作方法值得称道；而从智芳老师从小处入手谈语文教育之宏旨和马建秀老师"跳出数学教数学"的跨学科思维同样给我们深刻的教育启迪。

在他们的这趟教育之旅中，我很乐意做一个随行者，说一点外行的想法。

基础教育是学校教育的重要阶段，我认为也是最艰难的一个阶段。怀特海在论述智力发展阶段时指出：小学和大学都以自由为主导，唯有在中学阶段，纪律是主导，自由必须从属于纪律。按照我的理解，自由是顺应兴趣，而纪律是服从必须。在小学阶段，智力教育的重点是激发和培育一般的求知兴趣，在大学阶段，则是根据业已明确的兴趣方向自主地学习。中学阶段的情况却大不相同，不管是否感兴趣，学生必须学习大量基础知识和技能。因此，中学生是最辛苦的，中学老师也是最难当的。当然，没有兴趣的学习是低效率的，而困难正在于如何引导学生对必须学的知识产生兴趣，使纪律成为自由选择的结果。事实上，即使在学习基础知识的过程中，有三个因素也是具有超越知识本身的价值的，那便是：

一、通过文史哲课程的学习受到人文熏陶，拥有丰富的心灵和高贵的情怀；

二、通过数理化课程的学习得到思维训练，培养智力活动的兴趣和习惯；

三、通过全部课程综合了解人类知识的概貌，犹如在胸中画一张文化地图，为确定个人兴趣方向和今后专业选择提供依据。在我看来，这三者是比知识更重要的目标，而如果它们在教学中得到充分的体现，就反而能够大大提高学生学习知识的兴趣和效率。

无论是教中小学还是大学，教师都应该具备优良的精神素质。教师自身是一个热爱智力生活、对知识充满兴趣的人，才能够在学生心中点燃同样的求知热情。教师自身是一个人性丰满、心灵丰富的人，才能够用贴近人性、启迪心灵的方式去教学生。除此之外，鉴于基础教育的特点，对中学教师还有特殊的要求。其一，基础课程横跨文理，科目多，知识量大，因此，中学教师特别要讲究教学艺术，寻求效率的最大化。对于所任的课程，要善于精选学生必须精确而牢固地掌握的关键内容，把这些内容真正讲透，因而不必勉强学生去熟记许多次要的东西。这样的教学既能节省学生的精力，又容易引发学生的兴趣。当然，要取得这样的效果不能单凭方法，教师自己必须相当精通所任的课程，对基本原理能够融会贯通，举一反三。其二，中学教育实质上是通识教育，因此，中学教师应该是一个通识之才，一个某种程度上的"杂家"，有广阔的知识面，这样才能够触类旁通，把所任的课程教得生动活泼，趣味十足。学生的天赋类型是有差别的，未必都对你所教的这门课程有兴趣，但是一个好的教师可以做到两点，一是使天赋类型适合的学生发生浓厚的兴趣，二是使天赋类型未必适合的学生产生一般的兴趣。

说了上面这些外行的想法之后，我愈发相信我的这个判断了：中学老师是最难当的。因此，我要向本丛书的六位作者、也向全国基础教育领域的每一位优秀教师表示我深深的敬意。

学校是读书的地方

　　高万祥说，作为中学校长，他的理想是让学校成为真正读书的地方，让学生成为真正的"读书人"。学校是读书的地方，是培养"读书人"的地方。

　　高校长的确是一个"读书人"。我和他结识十二年，见面不算多，最深的印象是儒雅，身上毫无官气和俗气，言谈必是书，旁及中外文化名人典故。他对文化人情有独钟，有一次在北京见面，他匆匆离去，为的是寻访坐落在我家附近的康有为故居。

　　什么是"读书人"？按照我的理解，就是一辈子爱读书的人，就是以读书为生活方式的人。人是要一辈子读书的，而能否养成读书的习惯和品位，中学时代是关键。在这方面，高校长所崇敬的教育家苏霍姆林斯基有相当精辟的论述：少年的自我教育是从读一本好书开始的，学生的智力发展取决于良好的阅读能力；一个真正的人应当在灵魂深处有一个精神宝藏，这就是他通宵达旦地读过的一二百本好书；如果少年时没有品尝过阅读激动人心的快乐，没有自己心爱的书和喜爱的作家，其全面发展是不可设想的。高校长由此体悟到：对少年来说，任何教育都不能取代经典好书的阅读，办学应当从阅读开始，没有阅读就没有真正的教育。

如果说少年期是养成读书习惯和品位的关键时期，那么，能否让足够多的学生拥有青春期的阅读，教师是关键。教师自己首先应该是爱读书、会读书的人，是真正的"读书人"，才能在学校里形成一种风气，把学生也熏染成爱读书、会读书的"读书人"。高校长说得好，好教师一辈子只做两件事——读书和教书，读书利己，教书利人，教师的幸福在于二者是完全统一的。

这本书就是为有志于阅读兴教的教师们编写的，试图为他们提供一份案头书的目录和阐

释。预定的数量是三十本，如何挑选？本书另一作者徐飞在后记中作了有趣的提示。他说，他在高校长家里感受到了藏书万卷的雍容气派，楼上楼下到处是书，而最爱的书在卧室里，那是其心目中的"书中的书""书中的恒星"，他从中看到了高校长的"精神纹理、思想底座"。可以想见，被选中的书大多出自其中，是其长期浸染、日夜相伴的精神挚友，凝聚了高校长自己的阅读经验。我们还可发现，它们大多也是中外历史上最有教育意义的经典名著。如果让我来挑选，我一定也不会遗漏《论语》《理想国》这两本最伟大的古代哲学兼教育著作，卢梭的《爱弥儿》、杜威的《民主主义与教育》这两本近现代最重要的教育论著，林语堂的《苏东坡传》、爱克曼的《歌德谈话录》这两本以中西两位天才文豪为传主的精彩传记作品。

　　在具体编选时，作者作了认真的梳理，把所选的书分为三类，实际上是根据人的精神属性的三个方面划分的。人的精神属性可以相对地分为智力、道德、情感，与此相应，素质教育可分为智育、德育、美育，而阅读好书则是提升这三种精神素质、进行这三种教育的最佳途径。第一类是哲学、教育学、心理学等理论著作，阅读这类书籍的目的是培育思想尊严，拥有追求真理的勇气和独立思考的能力。第二类是伟人和优秀人物的传记，阅读这类书籍的目的是培育爱心、良心、社会责任心，做一个有道德、有信仰的人。第三类是文学作品，阅读这类书籍的目的是培育诗意和创造情怀，拥有丰富的感受力和想象力。每一类各包括十本书，对于每一本书，作者着重阐释了其精华和在教育上的启示。

本书两位作者，一位是校长兼语文教师，另一位是语文教师。让学校成为读书和培养"读书人"的地方，校长和语文教师能发挥重要作用。如果高校长的理想成为每一位中学校长和语文教师的理想，从理想到现实的距离就不远了。

应试体制下
好教师的责任

问：每个教师都渴望成为好老师。您心目中的好老师是怎样的？您记忆中教过您的好老师能否列举一二？

答：我心目中的好老师，最主要的是两点：一是他本身热爱智力生活，热爱知识，有学习、思考、钻研的习惯，亦即具备良好的智力品质；二是爱学生，拥有广博的"父母本能"，真正把学生当作目的，能把学生的进步感受为自己的重大人生成就并为之欣喜。这样的老师，因为第一点，学生敬佩他，因为第二点，学生喜欢他。老师好不好，学生最清楚，一个受学生敬佩和喜欢的老师就是一个好老师。

我读中学时，老师大多比较敬业，有才有德的不少，此刻在我的记忆中闪亮的形象不止一二人。那时学校环境比较宽松，不像现在用应试标准一刀切，有思想、有个性的老师往往遭到逆淘汰。

问：您曾经说过，现行教育体制不尽如人意，但即使在这样的体制之下，一个教师同样可以有所作为。能否请您具体谈谈，该怎样作为？

答：应试体制的硬指标具有迫使教师和学生就范的巨大威力，但是，任何体制都不可能把个人的相对自由完全扼杀掉。同样的体制下，是积极贯彻并以此为己牟利，还是认清并力争减轻其弊端，不同的态度会导致不同的结果。我认为，一个好教师的责任和本事在于，一方面帮助学生用最少的时间、最有效的方法对付应试，另一方面最大限度地拓展素质教育的空间。当然，这是一个很高的要求，这样做的教师在现行体制中很可能会吃力不讨好。没有办法，许多时候我们只能凭良心做事，不计个人得失。要有一个信念：良心的评判高于体制的评判。

问：在中国人目前的精神生活中，教育本应该发挥出扭转世道人心的力量，社会各界均寄予厚望。您如何看待教育，特别是中小学教育，在一个人生命成长方面的功用。

答：在一个人的精神生长中，中小学无疑是关键阶段。早期的生长总是更重要、影响更深远的。此时心灵如遭扭曲，以后矫正起来就很困难。这些都是常识，可惜现在人们为了逐利已经顾不上常识了。

问：现在中小学教育界大力提倡专业发展。如果一个老师在专业发展上做不到优秀，那么他是否还可以成为一个优秀老师？教师专业发展和师德师风的培养会有矛盾吗？如果有，该如何协调？

答：中小学教育是基础教育，不是专业教育。因此，提倡教师的专业发展，不应该是要求教师对于所任课程的知识达到专家水平，而只应该是在基本原理方面的通晓和熟练。基础教育是一种通识教育，中小学教师应该是通识之才，有广泛的知识兴趣，如此才能够把所任课程的教学做得生动活泼，使学生也产生兴趣并易于领会和接受。我认为脱离通识能力、强调专业发展是片面的，不符合中小学教育规律。

问：作为家长，如果您的孩子在个人兴趣特长与学校应试升学体制产生严重冲突时，您会怎么做，才能兼顾到孩子个人的生命感受和升学发展？

答：尽量兼顾，真正发生了严重冲突，我宁可让升学前途向孩子的兴趣和快乐让步。

问：有一位中学生委托我向您提问："80 后作家韩寒以思想独特、语言犀利著称，但我最喜欢他是因为他说青少年最好不要学他，也不要被他影响，要有自己的思想，而日本作家村上春树却说小说家的任务就是给读者传递精神力。请问周老师，您以一位作家的身份来说说，一位作家应不应该用自身的价值观来影响读者？"

答：两位作家的说法其实不矛盾。我理解韩寒的意思是，不要把他当作偶像而学他的外在路程和个别言论。一个好的作家并不把影响读者当作自己的目标，他通过作品探究人生，思考社会，贯穿于其中的精神力、价值观自会对读者产生影响。

问：另有一位学生问您："读了您的《读〈圣经〉札记》感触很深。《圣经》和哲学教材同样深刻，却更有趣，经过您的解读也变得更易懂了。但是，关于'有人打了你的左脸，你应该把右脸也送上去'的说法，我仍然很不认同。有一句名言是：'如果你不弯腰，别人也不能爬上你的背。'虽然以暴易暴不被提倡，但对抗暴力至少也应该像甘地那样采取非暴力抵抗的方式啊。请问周老师，您是如何评判非暴力抗恶的？"

答：我对耶稣这句话的解读只是一个角度，取其不在得失的层面上计较的含义，其实也是非暴力抗恶的一种方式。"把右脸也送上去"的姿态可以是谄媚的，可以是屈辱的，也可以是高贵的，后者是对"有人打了你的左脸"的彻底解构。

问：我们很喜欢看您的书，感觉您很懂生活。在《宝贝，宝贝》中，您的女儿很可爱，您也很爱您的女儿。您不厌其烦地记着女儿的成长故事，同时在其中探讨人生，真的很令人感动。我们有点困惑的是，在这个糟粕与精华共存、前卫与传统交锋的时代，一个人在心灵的朝圣路上，如何一直保持自己的纯真美好？如何知道自己所坚持的是对的？这是一个理想主义远去的时代吗？如何让自己的个体生命——善良、丰富、高贵？

答：一个人拥有自己的明确的、坚定的价值观，这是一个基本要求。当然，这需要阅历和思考，并且始终是一个动态的过程。价值观完全不是抽象的东西，当你从自己所追求和珍惜的价值中获得巨大的幸福感之时，你就知道你是对的，因而不会觉得坚持是难事。理想主义永远不会远去，它在每一个珍视精神价值的人的心中，这是它在任何时代存在的唯一方式。

问：众所周知，您是著名的哲学家。在教育教学生活中，哲学可以发挥什么样的作用？中小学教师应该阅读哪些哲学书籍？

答：哲学是人生的总体性思考，关于它与教育的关系，我曾如此写道："人生问题和教育问题是相通的，做人和教人在根本上是一致的，人生中最值得追求的东西，也就是教育上最应该让学生得到的东西。我的这个信念，构成了我思考教育问题的基本立足点。"历史上最伟大的教育思想家都是哲学家，例如洛克、卢梭、康德、杜威、怀特海。首先读一读这些哲学家的教育论著吧。

问：我们还知道，您是一位具有强烈自由精神的公共知识分子。您认为，一个优秀教师和一个公共知识分子的关系可以转换吗？怎样转换？

答：不要在乎身份。一个优秀教师，当他按照正确的理念从事教育实践，用行动与错误的教育体制相抗争之时，他已经是一个对重大社会问题表明其鲜明态度的公共知识分子了，根本无须转换。

（京）新登字 083 号

图书在版编目 (CIP) 数据

无论走多远，你终将面对自己：关于成长的那些事儿 / 周国平著 .—
北京：中国青年出版社，2017.4

ISBN 978-7-5153-4718-9

I. ①无… II. ①周… III. ①散文集 – 中国 – 当代 IV. ① I267

中国版本图书馆 CIP 数据核字（2017）第 080882 号

无论走多远，你终将面对自己：关于成长的那些事儿

周国平 著

责任编辑：李　凌　段　琼
内文插图：袁小真
装帧设计：今亮后声 HOPESOUND pankouyugu@163.com
出版发行：中国青年出版社
社　　　址：北京东四十二条 21 号
网　　　址：www.cyp.com.cn
编辑中心：010-57350520
营销中心：010-57350370
印　　装：鸿博昊天科技有限公司
经　　销：新华书店
规　　格：880 mm×1230 mm　1/32
印　　张：8.5
字　　数：120 千
版　　次：2017 年 6 月北京第 1 版
印　　次：2017 年 6 月北京第 1 次印刷
定　　价：38.00 元

如有印装质量问题，请凭购书发票与质检部联系调换　联系电话：010-57350337